笑声渐远

翟泰丰纪念集

韩寒 编

作家出版社

这位兄长式的领导荡气回肠的笑声，随着秋风渐行渐远，渐渐地听不真切。

——叶广芩

目 录

一个传奇的人

——缅怀翟泰丰先生

秦文君

10 月 4 日，处在十一长假的松散生活中，深圳作协主席李兰妮发微信，说翟部长走了。我吓了一大跳，不久前还在媒体上看到翟部长出席活动的报道，说话习惯性高声大气，走路意气风发，不流露一丝疲倦，也从不言败。

兰妮察觉我的质疑，发来了作家班的同学关仁山从翟家拍的照片，新挂上墙的翟部长照片，精神，笑容朗朗，但摆放的格式，一眼能辨认出这是遗像。

我的心猛烈一沉，陷入猝不及防的悲伤之中。兰妮远程为大家张罗置办白玫瑰的花圈，问我挽联怎么写合适，我是蒙的，说问范小青吧。翟部长享年八十七岁，走的时候没一点预兆，白天一切如常，夜间突发急症，说走就走，没给亲友话别的机会，翟夫人韩大姐和家人、朋友们的悲痛必是无以复加的。

1

回想起来，我有幸认识翟部长已有二十多个年头了。那是 1996 年年初，上海作家协会创联部打电话来，让我赴京参加文学专题会议。那次上海去了十来位作家，电影创作方面和写长篇小说的名家占多数，带队的是复旦大学教授、时任上海作家协会党组书记的徐俊西先生。走进会场，前后左右，台上台下，太多陌生的身影，看到所敬仰的孙幼军老师，我赶紧在他旁边入座。

孙老师发言时谈到各门类的文学有相通之处，儿童文学十分独特，不好写，也不被社会重视，甚至在文学圈内也被称为小儿科。我发言谈到儿童文学按不同年龄孩子的认知、审美特点，细分为婴儿文学、幼年文学、童年文学、少年文学。多年来，儿童文学作家在这一领域里默默耕耘、坚守，很多是专攻儿童文学，立志写出心怀博大、童心灿烂的作品。

徐俊西教授接着我的发言介绍了《男生贾里》，它 1991 年在《巨人》杂志发表，1992 年在上海教委举办的一百万儿童投票选举好作品的活动中获得第一名，1993 年出版单行本，1995 年获得上海文学艺术优秀成果奖。

这时，主席台上坐最中间的一位领导问道："《男生贾里》你们带来了吗？"

我们茫然地摇头，他说："新时期儿童文学被少年儿童所喜爱的作品，我们要看一看，考虑是否研讨它，带动儿童文学的整体发展。"

会议结束后，我才知发话的带一点军人风范的领导是翟泰丰，时任中宣部副部长。徐俊西教授嘱我回上海后，邮寄《男生贾里》《女生贾梅》到中国作协。

当时的《男生贾里》《女生贾梅》封面寒酸，每本六万多字，薄薄的小册子。书寄走约一个月，上海作协通知我要在上海开《男生贾里》《女生贾梅》作品研讨会，同时邀请《男生贾里》的出版方少年儿童出版社，《女生贾梅》的出版方安徽少年儿童出版社。研讨会如期召开，时任上海市委宣传部部长的金炳华先生到会讲话，中国作协书记处书记高洪波先生专程从北京来沪，做了热情洋溢的发言。

同年六一儿童节前夕，中国作协在北京召开《男生贾里》《女生贾梅》作品研讨会，翟部长到会发言，随身带来一本《男生贾里》，书里的留白处用蓝笔和红笔记下了层层眉批，说特意把书给孙辈读了，孩子十分喜爱。

那天，束沛德、金波、樊发稼等前辈和八十位重要的作家、评论家朋友参加了研讨会，那是我创作生涯中最豪华的研讨会。我深感荣幸，甚至产生一种不真实的感觉，选择儿童文学的时候习惯了穿梭于书斋的安静、自在，从没有奢望要引人注目。

研讨会结束后，我回到上海，继续躲进书斋，开始漫无边际的创作。翟部长对我创作的关注没有因研讨会完成而结束，年底的时候他打来电话，说：“秦文君，你创作中遇到什么困难吗？你好好写，多写无愧于时代的好作品。”

1998 年的一天，收到中国作协的通知。翟部长牵头举办了作家班，首批吸收三十来位中青年作家，名单里有张平、周梅森、范小青、叶广芩、李兰妮等。学制一个多月，中途不得请假。

去了之后发现和以往松散的作家班不同，课程排得密集，每天上下午都排满，请来授课的老师几乎都是相关领域里拔尖的专家，给大家讲政治经济、文化现象、国际关系、文艺理论等。作家班的管理属于半军事化，规矩严，休想逃课或迟到早退，大部分专家讲座翟部长会亲自坐镇，坐第一排，倔强得像一座山似的。翟部长还像班主任，多次在班上鼓励大家凭借现实主义将时代写成经典。

作家班驻扎在作协机关，一日三餐在作协食堂解决，起初几天感觉不错，接下去天天同一种口味，大家悄悄地溜到外面找家乡菜吃，去燕莎商场附近吃烤肉。翟部长听说后，特意关照食堂，尽可能给大家每天换些新菜，面食的种类多一些。

作家班一个多月的课程，高端、丰富、体系性强，结业后有同学持续写出力作和有影响力的精品，大家私下议论这次研修起早贪黑，但称得上是一次认识真实自我和外部世界的淬炼。

继《男生贾里》《女生贾梅》作品研讨会后，中国作协又召开青年作家郁秀的《花季雨季》研讨会，以及后来的一系列儿童文学研讨会，印象深的还有刘先平大自然文学研讨，翟部长是积极的推动者。有几次开完新的儿童文学研讨会，他会来电话分享盛况，兴奋地说："我们所面临的时代，是民族振兴、国家富强的伟大时代。时代呼唤文学精品，更急切地渴望儿童文学精品。"

一系列儿童文学作家、作品的研讨，成了推动儿童文学发展的集结号。那之后儿童文学和以往的任何文学岁月不同，渐渐走入峥嵘岁月，直至今天，中国原创儿童文学仍在腾飞，以傲然盛开的势态成为中国文学的一枝奇葩。

2

2006 年，我担任《中国新文学大系》1976—2000 年间的儿童文学卷的主编，每天从二十余年的中国儿童文学里寻找有价值的宝藏。中国新文学大系的前几辑不设儿童文学卷，新的一辑经我大力谏言，增设两卷儿童文学。这个时段的很多作品我先前读过，听过，悟到过，敬佩过，也质疑过，有的甚至遗忘过，但是当我把它们放在一个理性阅读的认识链上，阅读的感受是相当不同的。一次去北京开全委会，翟部长问起我最近在写什么，我说什么也没写，正在做深度的文学凝视，系统地梳理二十年间中国的儿童文学作家和作品。

2008 年，我把砖块般厚重的两卷精装的儿童文学卷，和为此写下的三万多字的论文寄给翟部长。他翻看了一百多万字的选文，十分赞赏，来电话说："中国儿童文学的好东西很多，这么沉淀、挖掘很好。现在你可以开始你的主业了，继续保持着内心的一片净土，在艺术上求精，一定要写出中国孩子最喜爱的作品，还要走到世界上去。"

那时翟部长已离休好几年了，但他一如既往地关注我们的创作，也仿佛比在职时更忙得不亦乐乎，为优秀作品鼓劲，审读电视剧，探望老作家，出书、写诗、摄影、绘画。为纪念邓小平百岁诞辰，翟部长和著名作曲家傅庚辰先生合作大型声乐套曲《小平之歌》，作品在上海大剧院上演时，他邀请我和先生观看。我们提前半小时到，发现翟部长和一些嘉宾已早早抵达，大家一起观看演出盛况。下半场看演出，我先生发现台上的一位演唱者竟是他的亲戚，多年未见，于是拉着我匆忙赶去后台堵亲戚，不知不觉忘却了时间。演出结束了，我们赶回来和翟部长告别，发现他已不在，匆匆回北京了，顿时遗憾满心。

认识翟部长那么多年，总想有机会请他吃一顿饭，可是每次他来上海总行色匆匆。2010 年，翟部长来上海一所高校讲课做面对世界的中国经济的演讲，得知他有半天闲暇，我们赶紧安排，想着最好隆重一点，特意向韩大姐打听翟部长爱吃什么菜。韩大姐说翟部长爱喝小米粥，菜肴朴实一些，还关照部长心脏不好，千万不能备任何酒水。这唯一的一次请客，让作为美食爱好者的我伤脑筋，不晓得点什么菜。翟部长兴致高，和我们请来作陪的朋友、曾在美国创办中国作家之家的沈世光先生谈国际形势，谈中国文化走出去，谈了一个多小时，嗓音始终洪亮。

过了一阵，我的“贾里贾梅”续篇《贾里日记》和《贾梅日记》出版，描述长大后的贾里和贾梅在校园生活中的成长光影。翟部长收到新书后，欣然写下评论文章，说“《贾里日记》和《贾梅日记》着墨于现代儿童精神境界的美感与诗意，把校园生活与加快城镇化进程的大时代大社会链接起来”。这篇评论后来多次被专业的儿童文学评论家引用。2018 年我出版十八卷《秦文君臻美花香文集》，询问翟部长，能否将这篇评论作为文集中十八篇序言之一，他回答，任你处置。

2018 年，我去意大利博罗尼亚童书展参加“‘熠熠文采，谦谦君子’——秦文君论坛”，途经北京，得了半天闲，忽而想起韩大姐说起过，她从学生时代起，常去杏园餐厅吃面条，因为有特色，不由跃跃欲试，打电话去问具体方位。韩大姐说那家店不好找，还是我开车接你去。她接我到店后，我惊讶地发现翟部长也来了。我们三个找到一张局促的空桌，自己动手擦桌面，用开水涮碗。小炖肉面好吃，面条有劲有味，肉酥烂，酱色浓厚，我吃得开心，但一想到因为劳烦了翟部长和韩大姐，让他们破费，有点不安。翟部长在喧闹的环境里话语很少，但照旧还是问一句：“你最近在写什么？有困难吗？”餐叙后，翟部长先一步去参加文学活动，特意叮嘱韩大姐把我送回宾馆，还说：“下次我去上海，去你创办的小香咕阅读之家看一看。”

3

那之后，翟部长没有再来过上海，而且永远不会来了。我把他的赠书《翟泰丰文集》《丁亥十年祭》《翟泰丰中国画集》等作品陈列在小香咕阅读之家，心里叹息不止。因为从没想过有这一天，也压根没把他当一个耄耋老人看待过，更料不到，他跟大家的告别竟会那么突如其来。

这二十多年来，翟部长始终是热情鼓励我在创作道路上前行的好领导，在我眼里他是一个传奇的人，永远没法标签化的人，他曾造过坦克，研究过经济，更是一个无限忠诚的共产党人。他个性坚定、铁腕、无私、理性、粗犷，但他时常是文艺的，幽默好玩的，看重友情的，宅心仁厚的。他留下的作品视域宽广，同样难以用一两句话界定，有大气、体现浓厚的政策性的文章，却不妨碍他写出绝俗的诗词，还有他才华夺人的绘画，用细腻的工笔和彩绘，表现绝美精致的屋舍、花卉、江山……也许所有的糅合在一起，构成他丰富的人生境界，独特的人格魅力。

翟部长走了，留在我记忆最深处的依旧是他反复说起的三句话：

"你最近在写什么？"

"儿童文学作家要爱时代、爱孩子、爱本行。"

"好的儿童文学要给孩子一些崇高，一些美的追求，一些精神指引，一些坚韧。"

怀念翟泰丰部长，谢谢你为儿童文学所做的一切，谢谢你的真知灼见、肺腑之言。

原载于2020年12月《文学报》

泪祭翟泰丰

高　平

干起事来热情似火
讲起话来气壮如牛
走起路来像小跑
笑出声来像河流
唱起戏来像喝醉了酒
写起字来像铁打的手
一个多么可敬的老战士
一个多么可亲的老朋友
竟然说走说走
叫人怎么能接受

再听我唱一句借东风吧

再和我碰一杯二锅头

泪往杯中流

2020 年 10 月 10 日晚急就于兰州

永远的师长

周梅森

我和泰丰书记相识于 1997 年。当时，我在徐州挂职，创作了一部反映当代生活的长篇小说《人间正道》，由人民文学出版社出版，中央电视台拍成电视剧，也由此引发了一场对号入座风波。江苏一些领导干部联名告我，说我影射了他们。江苏省委主管副书记接到告状信颇有压力，找我谈话，要我修改小说，我认为小说不是报告文学，不同意修改，要他们打官司起诉。这事不知怎么被时任中国作家协会党组书记的泰丰同志知道了，泰丰同志生病正在医院住院，躺在病床上把《人间正道》看完了，让秘书联系我，和我通了一个很长的电话。

泰丰书记在电话里充分肯定了《人间正道》的艺术成就，态度鲜明表示支持：梅森同志，这部作品不要改，打官司我为你辩护！泰丰书记很气愤地说，告状的这些干部真是奇怪了，好干部不去对号，非要对坏人，如果你是这样的坏人，我们的纪检就该好好地查一查了。

这就是翟泰丰的风格：讲原则，敢担当，有情有义。在作家们遇到困难的时候，他和中国作协总会为作家遮风挡雨，送上一份温馨。类似《人间正道》的情况，贾平凹、张平和陆天明也碰到过，同样得到了泰丰同志的大力支持和帮助。

泰丰书记积极倡导现实主义写作实践。希望作家们关注现实，反映现实，既写出这个时代的伟大成就，也写出前进过程中的困顿。二十多年来，在机关，在旅途，在他家里，他一次次和我促膝谈心，谆谆教诲。他和我谈文学，谈政治，谈经济，谈《资本论》。有些话他不厌其烦，一次次说，在相当程度上影响了我后来的政治小说创作。

写于1998年的《中国制造》，就是在泰丰书记主办的鲁迅文学院第一期研修班上定稿的。“高楼后面有阴影，霓虹灯下有血泪”这些敏感章节，都得到了他的热情首肯。后来被改编成电视剧《忠诚》在央视一套黄金时段播出。泰丰书记曾勉励我说：“文学就是不能远离时代和人民，将来要了解这个时代，人们一定会重读你写的这些书。”在二十多年后，《中国制造》被列入新中国成立七十周年七十部经典作品之一，英国查思出版社又要将其译为英文版，而法文版、阿拉伯文版也已出版。

泰丰书记从中国作协党组书记的领导岗位上退下来后，我们的接触更多了。就在他退下的那一年，我的两部反腐小说又被改编成电视剧，一部是《至高利益》，一部是《绝对权力》，两部戏的总顾问都是泰丰书记，是我执意要请的。有老书记在，就觉得有了主心骨。在那段一起采访，一起下生活，一起泡剧组的日子里，我对老书记有了更深入的了解，知道他很小就当过兵，在解放石家庄的战斗中身上中过枪、受过伤，在新中国的坦克工厂造过坦克。老书记慷慨激昂，像演员似的在宁波采访现场和我说戏：共产党没有一己私利，最广大人民群众的根本利益就是共产党的利益。小说把这一点说清楚了，电视剧也要说清楚，说清楚了这一点，剧中的戏剧矛盾强烈一些也不要担心。

《至高利益》的剧情确实有些大胆：一个省会城市两任书记搞政绩工程，搞到经济崩溃，河流污染，下岗工人超过警戒线，群体事件层出不穷。新书记李东方上任后，没再铺摊子，而是忍辱负重为前两任擦屁股，却引起了各种势力的围剿。这部剧播出后反应很好。河北某市组织市委常委们收看本剧，嗣后做出了一个决定：立即下马一个典型的政绩工程。

《至高利益》拍摄期间，《绝对权力》又在深圳开机了。其时泰丰书记的老友于幼军同志任深圳市市长，剧组得到了深圳方面的大力支持。因为是总顾问，泰丰书记和夫人韩寒一起被我请到剧组，给导演、演员做政治辅导。泰丰同志和我们说：我们这个社会主义国家的权力是从哪里来的，这个问题要搞清楚。权力来源于人民，服务于人民，任何人都没有什么绝对权力，绝对权力必然导致绝对腐败。

在泰丰书记的把关下，《绝对权力》完成后，在湖南电视台首播大获成功，收视率达到了惊人的36%，创出了湖南电视台的一个收视纪录，这也是后来我说服《人民的名义》投资方把《人民的名义》卖给湖南卫视的一个重要原因。

这里还有一个插曲，《绝对权力》审查时，曾被某部门枪毙。出品方电广传媒老总彭益和尤小刚急得跳脚，让我带着，找到总顾问救火。于是，泰丰书记找到广电部和有关部门陈述意见，并向中央相关领导交了一封信，郑重申明：如果《绝对权力》播出后有负面反应，由他负全部责任！最终，广电部部长徐光春同志和一位副部长亲自审查了《绝对权力》的最后完成片，经部党组慎重研究后，光春部长又带着几个副部长和有关部门领导会商，放行了这部影视作品。

多年过后，每每忆及此事，我和那些当事人仍感慨不已，担当两个字好沉重，翟泰丰这样的领导不可多得。

爱之深，则责之严。泰丰书记也不是没批评过我，有时批评还很严厉。让我记忆最深的一次是2016年创作小说和电视剧《人民的名义》时。老人家是总顾问，我照例向老人家请教。剧本搞到一半的时候，我让剧组打印了一份大字本送老人看，准备过后开个创作研讨会。不料，老人看后情绪激动地给我打了一个电话过来，批评我说：你怎么能这样轻描淡写处理反腐题材？现在我们的腐败到了什么程度你不知道吗？多少高级干部腐败掉了，有些省市全面塌方，问题极其严重，你还像过去写《绝对权力》《国家公诉》那样怎么行？十八大后的党中央是在救党、救国，你不是一般作家，是反腐标志性作家，一定要拿出标志性的作品！泰丰同志的夫人韩寒后来和我说，打电话时，老书记情绪激动，握话筒的手直抖。后来，在作品研讨会上，他再次陈述了这个意见，得到了大多数与会者的赞同，我也心悦诚服地接受了，这才有了现在这个把反腐反到副国级的小说和电视剧。

《人民的名义》播出后产生了轰动效应，在播出期间，许多剧作中的消极腐败现象得到了社会各阶层的重视，“丁义珍式”的服务窗口、司法腐败问题、公安部门插手拆迁等问题，都得到了一定程度的解决。群众反映说，这部作品比一些文件有效。因为看到总顾问是泰丰同志，许多老同志纷纷来电发微信写诗祝贺。剧中在常委会上为省委常委们讲历史的陈岩石，其实一部分的原型就是泰丰同志。泰丰同志一次次和我说过他的军人生涯，讲战争年代共产党员的特权就是在战场上背炸药包，做敢死队，绝不是升官发财。战后伤亡惨重的敢死队撤下后向上级报账的细节和陈岩石的许多台词，都是泰丰同志提供的。写到这里，我的眼前又浮现出泰丰同志的音容笑貌，我的师长还是那么热情洋溢，那么开朗健谈，似乎人未走，茶尚温，余音绕梁。

原载于2020年10月《文艺报》

悼念翟部长

陆天明

上午去参加了翟部长的追悼会。他突然地离去，真让人愕然。原以为是心脏的缘故——他心脏一直不好，问熟人，才知道是哮喘发作，没抢救过来。

泰丰书记是个打过仗的革命军人，正直充满激情又有文采的燕赵汉子。当然，首先是个坚强的马列信仰者，党的优秀的宣传领域领导人之一。写得一手好毛笔字。爱恨鲜明且又立场坚定。作为一个作家的我，特别怀念和感谢他的是，当我们这几个人下决心贴近中国现实，从事反腐题材写作被一些人认为“不文学”时，他力排众议，以振臂高呼之势，动用了他能动用的资源给予充分的肯定和极大的支持。要知道当时文学圈盛行现代和后现代路子，对我们这几个人关注现实的路子是不屑的，连政界也不乏质疑者。如果说反腐题材创作能走到今天，能取得一点公认的成果，和泰丰书记当年的工作是绝对分不开的。他做的甚至可以说是开拓性的。还有一件“小事”今天也不得不记下来。当时有一家文化公司要将我的《高纬度战栗》拍成电视剧，希望泰丰书记支持一下，做该剧的总监制。那天制片人带去三万元给泰丰书记作为他做监制的报酬，泰丰书记一口答应监制，但毫不犹豫地拒收了这个“监制费”。现在能“拒收”的人还有多少？

翟部长，您走得太早了！

泰丰书记，您一路走好！

亦师亦友忆泰丰

叶文玲

10月14日，在《文艺报》头版愕然目睹翟泰丰先生逝世的消息，震惊之余，我不禁泪盈满目，悲痛异常。

泰丰于我，真可说是亦师亦友。我与他相识已有二十余年，说起来也不算短，多年的相处，自然留下了许多难忘的回忆。而今我虽沉疴已久，却仍要奋力提笔，只为记下这位热情坦率、豪爽直白的兄长，彼此之间那些殷切相待、促膝长谈的快乐时光，以及那份浓得化不开的相知相惜。

尽管内心悲痛，我记下的却都是最快乐的时光，因为我明白，泰丰若地下有知，一定也会要我这样写，这样记，因为他就是这样一个无私的人，心里总是装着别人，总是为别人的事而感到由衷的高兴和喜悦。

就像他在去年给我发的微信中所说："祝贺在今年浙江高考中，将你著名的散文《汴京的星河》选入现代文考题，为你高兴，共享你的荣誉。这是你的光荣，你的奉献，你的文学成就。当年，我们曾为你的每一个文学成就讴歌、高兴、欢欣……今天依然如故，再次为你祝福！问候我的老朋友'山东诚实汉子'，问候全家！"

"山东诚实汉子"指的当然是我祖籍山东青岛的老伴儿。作为曾经的中国作协党组书记，泰丰的心里几乎装着每一个作家，他确确实实是作家们能够拥有的好书记。正如《文艺报》在他的讣告里所说："尊重文学创作规律，重视文学人才的培养"，是他担任中国作协党组书记时最好的写照。

我与泰丰结缘，最早是在 1994 年 10 月，我视为自己"毕生最重要的作品"——长篇小说《无梦谷》的首发式暨研讨会在北京文采阁举办，在此期间有幸与泰丰见过数面。那时的我，还是第一次见到这样一位全无架子的领导，他身上那种与生俱来的坦诚和直率，那种对周围同志发自内心的关切与热忱，让人觉得与他之间毫无距离，可以尽心交流。

1996 年 12 月，召开了中国作协第五次作代会，这次的全国代表大会距上一次召开已有十二年之久，这是尘封多年的一次会议，也是许多作家再度启航的大会，其中当然也包括我。

会后不久，我的长篇小说《秋瑾》得以出版。泰丰作为知名评论家，仔细研读之后，在《文艺报》上发表了整版评论文章《激昂壮美的史诗》，对《秋瑾》给予了很高的评价。除了对小说本身的评论以外，泰丰另有一份对文学和文学家的期许包含其中，他在文中写道：“本世纪文学的句号怎么画？能否画好？怎样继往开来，为新世纪的文学做出贡献？文学界的同志们都在思考，都在努力。这是严肃而又不能回避的历史课题，当今的作家们对此必须做出回答。”这是他对文学高屋建瓴的深层次思考，是他作为党的宣传思想干部的站位，是我辈所难以企及的，也是他忠诚于党和国家文化思想工作的生动体现。

泰丰对于我的提携与帮助，远不止于此，一年后的 1998 年 10 月，他又为我的八卷本《叶文玲文集》在人民大会堂首发式的召开，组织部署、协调安排，最终得以玉成；能够在人民大会堂这样的圣殿召开作品首发式，可算是一位作家至高无上的荣誉。而让这件我连做梦都不敢想的憧憬变成现实，其中的功劳，全在泰丰。嗣后他又将自己在首发式座谈会上的讲话加以整理，写下了热情洋溢的评论《寻觅美的芬芳》，对于我所信奉的“美是文学的生命”这一创作宗旨，作了系统性的剖析和评价，他说道，“作家的生存价值，就在于能够以自己独特的眼光、审美的方式和辛勤的耕耘，来提高人类灵魂的质量”。朴实无华的话语，却句句在理，字字珠玑，至今听来，仍有振聋发聩之感——知我者泰丰，知作家者泰丰！

既已相知，怎可不相见。我在浙江作协任职这些年，泰丰每次到来，我都必定全程陪同，谈文学，谈思想，汇报作协工作。他在中国作协党组书记任上，为浙江的文学发展，为浙江的作家，做了许多实事、好事，浙江省作协曾创办的中国作协“创作之家”，便是在他的批示和指导下争取而来的。

他曾三次前往我的老家台州，最后一次前往，是 2011 年参加台州的“叶文玲文学馆”开馆仪式，仪式举办前邀请嘉宾的时候，我第一时间就想到他，给他寄去了我手写的邀请函，他不但来了，还带来了一件我意想不到的礼物——巨幅油画《黄河壶口瀑布》。

无须多说，这幅画是文学馆收到的最好的礼物。画面气吞山河，壶口瀑布气势磅礴，显示出画家胸中的万千丘壑，其张扬奔放的艺术感染力，丝毫不逊于专业大师名家。

至今，这幅《黄河壶口瀑布》仍然静静地挂在台州图书馆“叶文玲文学馆”第三展厅的入口，来参观的人，一眼就能望见它，也绝对会记住这幅气势恢弘的油画。

开馆仪式上，泰丰很谦虚地要求最后发言，然而他一开口，就给我们所有在场的人带来了莫大的震撼与感动，而我，更是惊喜有加。

泰丰念了一首他特地写就的诗《讴歌人间美》：“一部大书 /

十六卷美文 / 每一个字都独照美的深情 / 每一个字都辉映情的灵魂……”

至今我仍能记得，他那充满激情、雄浑澎湃的吟诵，在图书馆前的广场上回荡，一时间仿佛万物失声、风云变色，只留下他那铿锵有力的声音，回响在天地之间。

斯人已逝，而艺术与精神将长存。翟部长，泰丰兄，每念及你的名字，都仿佛能看见你开怀大笑的样子，看见你指点江山、挥斥方遒的气势，人生一世，能够予以后人、旁人都是美好的回忆，如你这般，便不枉此生。

原载于 2020 年 10 月《文艺报》

石油作家怀念翟泰丰

路小路

文友早上给我发来中国作家协会的讣告：翟泰丰同志因病于 2020 年 10 月 4 日 10 点 10 分在北京辞世。这让我震惊，也让我十分悲痛。就在今年元月十四日下午，中国作家协会在京召开了首都文学界迎春茶话会，翟泰丰作为名誉副主席也出席了会议。他在第一桌就座，我和周明老师等在第二桌，他还给我们打招呼祝新春快乐，那时他的身体很好，看着很精神。由于今年疫情原因，大家都很少走动，以后再也没有和他见过面，没想到这竟然成了最后一别！

此时此刻，我回想起了翟泰丰同志关心石油作家的点点滴滴，让人难忘又充满敬意！

我是石油工人出身的业余作者，能受到中宣部副部长、中国作协党组书记的关怀，反映了党的高级干部翟泰丰同志的朴实亲民、平易近人的作风，事实也有力地说明了他是作家的“贴心人”。所以，在中宣部和中国作协机关，大家都不叫他“翟部长”“翟书记”，而是亲切地称呼他为“老翟”。在作家们的心中他就是一位兄长、同事和亲人，他对作家非常关心，是作家们的好朋友。最难忘的是 1996 年 8 月，我陪同全国政协委员、作家贾平凹去塔里木油田采风深入生活。当时，贾平凹正处在创作的转型期，是“老翟”安排他去华西村深入生活，他对平凹很关心。这次贾平凹到塔里木油田深入生活，“老翟”更是十分关注。那天，当我们离开库尔勒一个多小时，穿过轮南油田戈壁滩，进入六百公里沙漠公路时，正遇上突来的大沙暴，狂风把两辆拉设备的车都掀翻在沙漠里，一堆堆沙丘随风在公路上移动，车子像在大海中行驶一样，打着旋。油田上陪同的同志劝说，还是返回库尔勒休息，等沙暴停了再进塔中油田。可贾平凹坚持要体验塔里木油田工人的生活，继续坚持前行。当时平凹的感冒还没有好，牙疼病又犯了。由于大沙暴使气温骤降，牙疼和冷加在一起使他浑身打颤。就这样，他坚持了十多个小时，当天就进入了塔里木腹地塔中四油田。工人们把衣服脱下赶快给贾平凹穿上，让他先休息。可平凹一刻不停就要去钻井队、采油站、沙漠车队，看望石油工人。在塔中油田的几天，贾平凹住帐篷、爬井架、乘沙漠车，回到驻地又给职工题词并签名留念，一刻也不休息。他的这种精神，对会战的石油工人鼓舞很大。塔中油田前线总调度长十分感动，在活动板房用电台向中国作协书记处书记张锲通电话，汇报了贾平凹在塔里木的采风情况。张锲把这些情况向时任中宣部副部长、中央机关工委委员的翟泰丰同志汇报。翟泰丰听了十分高兴，让张锲同志传达他的问候，并约定时间要和我们通电话。当我们从塔中油田回到库尔勒基地时，他打来了电话，详细了解平凹深入生活的收获和情况，并关心平凹的身体状况。当和平凹通完电话后，还让把电话转给石油上陪同的我，接电话后他说：太感谢中国石油了，给平凹同志提供了一次很好体验生活的机会。陪同平凹塔里木体验生活的俄罗斯族司机陈福生，被平凹的朴实精神所感动，在短短七天时间内，产生了深厚的感情，在站台送别时他和平凹紧紧抱在一起，两人都流出了眼泪。翟泰丰同志听到这些情况后，对我说：“作家与石油人产生了共鸣，作家的眼泪和石油人的眼泪流在了一起，流出的不仅仅是眼泪，而且是诗，是中国当代文坛最瑰丽的诗。”

此后，贾平凹创作了六千多字的散文《走进塔里木》，发表在《人民日报》上。这篇文章发表后，引起了石油职工的强烈反响，中国石油天然气总公司党组在中心组学习会上，专门通读了这篇文章，塔里木油田一些领导和职工甚至能背诵这篇文章。中央领导对这篇文章给予了肯定，说“优秀作品鼓舞人”，在作家中产生了反响并取得了成果。当时中央书记处书记、中宣部部长丁关根同志要接见贾平凹一行，我听到这个消息也很高兴。时任中国石油天然气总公司办公厅主任的李克成老领导专门给我派了奥迪车，送我到中宣部，第一次见到了“老翟”部长，就像老朋友一样，他紧紧握着我的手说：感谢你小路同志。可当时由于中央领导的安排很紧张，当天上午还有别的公务，特别是给中南海西门报备的是三个人，当时贾平凹从西安来，《美文》常务副主编宋丛敏同志陪同他来的，我就主动说还让老宋陪同吧。“老翟”说小路是功臣啊，你也去吧，我们再协调一下。我怕耽误领导接见，就坚持在中宣部等待。这样翟部长和贾平凹、老宋三人去了中南海。他们从中南海回来后，“老翟”在中宣部请我们吃了一次工作餐。他一点没有部长的架子，非常亲切和蔼，边吃饭边问平凹的创作情况，有时还讲起笑话，气氛很好。吃完饭，他亲自送我们上车，就像老朋友一样，看着我们离开中宣部。这次相见，给我留下了深刻的记忆。

此后的 1997 年 10 月，我责编的长篇报告文学《世界沙漠第一路》出版了，这部作品宏观全面反映了石油工人修筑世界最长的沙漠公路的悲壮故事。在京开研讨会前，我想送这本书给翟部长，谁知这时他因病在北京医院住院。中国作协创联部的领导说，大夫不让探望，作协的领导汇报工作都是电话联系，劝我不要去医院了。我和侯秘书联系说，平凹还给他捎了一封信，想一同当面交给翟部长。翟部长听侯秘书说我要去看他时，就立即答应了。我到北京医院后，侯秘书说，他身体不好，给你二十分钟时间。我说没问题。当我到病房见他时，他在客厅等着我，接过了书和信，连连说太好了，塔里木有沙漠公路了，这片死亡之海成了希望之海，我们文学创作就要像石油人修筑沙漠公路一样，努力创作出无愧于时代的优秀作品。他又详细地问起贾平凹的情况及贾平凹母亲的身体，他说平凹是一位真正的大作家，也是大孝子。你们去塔里木油田深入生活，对他帮助很大，净化了他的心灵，更好地完成了他的创作转型。他对贾平凹评价很高，也很关心。他对我说，你是平凹的好朋友，以后多请他到石油企业走走，石油和中国作协有缘，李季就是穿着石油工人服装去了八宝山。说到石油文学，我就忘记了时间，一下谈了四十分钟。他了解了石油文学创作情况，破例给《地火》杂志五周年题了词。我胆子一下大起来了，又说了我们想加入中国作协团体会员的事情。他说，这件事情要解决，不是你们石油一家，以前也没有先例，昌本同志这次去塔里木油田后，也说起了这件事情。你们也可以联合其他产（行）业作协，先提出个文字申请。中国作协要调研并经作协主席团开会研究才能决定。我听到这里高兴得快跳起来了，没想到这次见到翟部长收获这么大，解决了这么多的问题，我们谈了一个小时，耽误了他的休息。回来后，我急忙给石油作协常务副主席、《中国石油报》副总编王世伟汇报，他也非常高兴，当即和我去给石油作协主席、中国石油报社社长、党委书记李秋杰同志汇报。我们给中国作协书记处写了关于产（行）业作协加入中国作家协会团体会员的文字报告，并联合了煤炭、铁路和电力等共五家作协，把报告递交给高洪波同志。中国作协对这个报告极为重视，在1998年元月召开的五届四次全委会上，接收石油、电力、煤炭等五家产业作协为中国作家协会团体会员，开创了中国文坛的先河。所以，产（行）业作协成为中国作家协会大家庭的一员，怎能忘记“老翟”同志呢？他是石油作家的亲人和朋友，我们将永远怀念他！

“老翟”同志身居高位，阅人无数，但却能记住我这个“石油小人物”。1999年11月，我还请他参加了首届“中华铁人文学奖”颁奖典礼，时任中国作协党组书记的他，很高兴地答应了，并且提前到会。此后，在中国建设文学协会王大衡同志召集的一次产（行）业作协座谈会上，我又一次见到了“老翟”同志，他那时还担任全国政协科教文卫副主任，他也来参加了这次会议，可见他对产业作家协会的重视。几年不见了，他还能认出我，并且还说你又和平凹去了西路，走进了柴达木，好啊！石油作家协会的工作很好，你小路功不可没……

“老翟”同志，小路永远铭记着您对石油作家的关怀和厚爱，永远怀念您，愿您一路走好！

悼念泰丰

张　炯

遽闻翟泰丰同志去世，不禁心中黯然，眼前总浮现他的音容笑貌。他既是好领导、好同志，也是我的好朋友。记得他刚到中国作协担任党组书记时，有人告诉我说，他好开会，爱训人，对于文学创作似乎外行。但在后来的接触中，他给我的印象却不断变化。他待人热情、坦率，没有架子，诙谐而幽默！他还有个好嗓子，会唱京戏；书法好，笔下龙飞凤舞；画得一手精彩的水彩画，又爱好摄影，能写评论、写诗、写剧本，简直是骄人的艺术家。可他当年在人民大学学的却是经济管理，后来分配到工厂，当过工会主席、厂政治部主任，当过中央宣传部的办公厅主任和副部长，还负责过房屋基建。真是把他的艺术才能长久埋没了！也可能他的艺术才能终被赏识，才把他派到中国作家协会的领导岗位上来。

我跟他的更多接触还不是在中国作协的共事中，而是在我们都从第一线退下来后。他那时邀我跟他共同申请个国家社科项目《先进文化与当代文学》，我们成立了一个科研组。首先要完成一个调研报告，于是就带领科研组到江苏、浙江、云南、陕西等几个具有代表性的省份去调研和考察。这样，我们就几乎朝夕相处。在旅途中，我发现他总带个呼吸机。他说，有一年他参加全国宣传部长会议，忽然在会场上猝发心梗，好在会场有位医生，紧急处理后把他送往医院，在阜外医院治疗了三个月。后来又发现心肌衰竭，西医没有办法，他只好找到西苑中医医院，给他开了中药，每天服，慢慢心肌才恢复了。但呼吸如果遽停，就有生命危险，所以他总带着呼吸机，特别是晚间睡觉就得戴上呼吸机。而且遵照医嘱，他现在早饭只吃一盘蔬菜，晚饭后必须带着秘书去快走一小时，走得大汗淋漓才罢。这样能把肚子瘦下去，以减轻心脏负担。我听后不禁肃然起敬，觉得这个老同志实在不简单！这样的身体还不肯消停，离休之后还主动要求承担国家科研项目，这得有怎样的坚强意志、不懈的毅力和高度的责任心啊！周恩来同志曾说，共产党员应该活到老，学到老，战斗到老。老翟就是这样一个好同志、好共产党员啊！

在调研途中，他总是谈笑风生，妙语连珠，充分发挥他那诙谐幽默的天性。兴致来了就会在车上唱一段京戏。在闲聊中，我得知他当年在清风店战斗中参加了解放军，后来还参加过解放石家庄的战役。我当年也当过几年解放军。相谈之下，彼此顿时有了老战友的感觉，而且又是同庚，他比我大几个月，我自然以兄长事之。他告诉我，唐山大地震时，他家死了三十几口人，几个兄弟无一幸存。很长时间，他都瞒着老母亲，孝子之情，溢于言表！

我们的项目历经了两年，调研报告几易其稿，最后一稿还是他亲自撰写的。可见他工作的认真负责和作风的严谨。这之后，又过了两年，他给我寄来了作家出版社出版的一厚本精装的歌颂改革开放的长诗，竟然是他创作的。长诗视野开阔，想象丰富，笔力雄健！我对他更加敬佩了。又过一年，他在现代文学馆竟开了个画展，让他的画作跟观众见了面。我去参加他的画展开幕式，实在为他的精湛画作所震惊！后来我听说他在写一个剧本，曾给他打过一个电话，向他祝贺，也希望他不要工作得太紧张，毕竟进入耄耋之年，还应劳逸结合。我自己也因年纪大了，比较畏寒，每年都到南方去过冬，跟他的联系就少了。但他老当益壮的努力实在鼓舞了我，值得我学习！他曾赠给我文集七卷，收入他早年的论述和后来的文学评论、文学创作。我想，读者从他的文集中一定会感受到，他不仅是个好领导，一个党的忠诚工作者，也是一个卓具才华的艺术家。

“人生自古谁无死，留取丹心照汗青！”泰丰同志虽然离开了我们，但我想，他的形象不仅会留在我的心中，也一定会留在跟他一起工作共事的同志们心中。他的著作所闪耀的才华、智慧、学养与为党和人民不断奉献的丹心，一定会更加滋育后人的精神世界，并鼓舞他们为国家和民族的美好未来去继续不懈地战斗！

愿你的在天之灵安息！泰丰！

你的著作一定会鼓舞更多的后人，为国家和民族的文化继续做贡献！

原载于2020年10月《文艺报》

悼念翟泰丰部长

李兰妮

近日，我和范小青、秦文君、叶广芩通过北京一家鲜花店，往翟部长家送去一个白玫瑰花圈。挽联上署名学生：翟部长我们永远怀念你。

大概是1998年，中国作协办一个二十人左右的作家创作班。同学张平、陆天明、周梅森、张宏森正有影视作品热播，其他同学如“河北三驾马车”等，正处于创作上升期。班里同学都带了正在创作的长篇来，中国作协要力抓反映社会现实、立足人民的精品力作。那时我在北京，给中央台电视剧制作中心写迎澳门回归的电视剧本《澳门的故事》。同时，修改那部写深港渔民题材的长篇小说《傍海人家》。作家出版社社长张胜友提醒我：这个班是翟部长亲自抓的。讲课的老师都是各行业顶尖人物，都是他亲自邀请的。翟部长很认真，强调纪律，你可不要散漫哦。

头一天上课，在讲台上点名的人居然是翟部长。第一堂课，测验！几十道综合题，涉及最新的时事政治、国际形势等等，涵盖面很广。多数同学有点蒙，谁也不敢交头接耳。测验结果，全班只有两个同学及格。突然袭击呀，警告全班人不要骄傲，静心好好学习。

每次上课，翟部长都挨个儿点名，非要亲眼看见该学生大声回答“到”。来讲课的老师，包括当时的人民银行副行长、中央党校副校长、《邓小平文选》编委会副主任、国家某高新科技首席研究员等等。每次老师授课，翟部长都陪同在一旁，认真听课。那时候，作家对高新科技信息接触少，21 世纪的世界将会如何发生巨变，我想象不出来。一位专家讲道，要具备前瞻性思维。新世纪学科领域要关注“五新”：新生物、新材料、新电子、新通讯，还有一“新”，我现在记不清楚了。20 世纪末叶，这样的课程很新鲜。作家的心胸和视野在发生着变化。

毕业照人手一张，翟部长在前排正中位置。有同学说，咱们去找翟部长签个名吧。我想了想，没有去。他给我的印象非常严厉，敬而远之吧。

接下来的几年，这个班的大多数学生佳作频出，文坛瞩目。而我连续五年没写作品。三年开了两刀，淋巴转移癌，口服了五个月的化疗药物。我在过生死关。

一天，突然接到深圳作协主席林雨纯的电话，说中国作协党组书记翟泰丰要来调研深圳文学情况，同时参加我的作品研讨会。我很惊讶。1984年深圳作协成立以来，极少开作家的个人研讨会。市作协一年才三万元经费。翟部长还给市委负责同志写过亲笔信，恳请深圳多关注多支持作家的创作。

我平生第一个作品研讨会，似乎开成了我的准追悼会。广州、深圳文坛的朋友来了二十多人。这些同甘共苦一路走来的朋友，懂得在深圳坚持文学写作孤寂而艰辛。说的都是温暖的话，鼓励的话。

翟部长来深之前，看了我的长篇《傍海人家》、散文集《人在深圳》。我告诉他，我要对得起研讨会上大家对我的情谊，尽快康复，投入创作。没想到翟部长说：不！目前你不要想创作的事。不能大意，淋巴转移癌比较麻烦，容易转移到身体各部位。需不需要我帮你在北京找个好医生看看？

我愣了片刻。一是，我常听到人们含糊的安慰：大难不死，必有后福，很快你就没事了。二是，帮癌症病人找名医太费事，交情一般的，犯不着为你去欠个大人情。翟部长与我非亲非故，我没有想到他会这么问。

翟部长又问了一遍，目光炯炯盯住我，等我回答。我忙道谢谢，忙摇头。他叮嘱：你来北京记得说一声，我认识几个好医生。

开完深圳文学调研会，翟部长由深圳作家陪同，参观了南岭村等地方。离深前，翟部长提出，要去看看我在《傍海人家》里写的渔村。那渔村在深圳大鹏深处，远离市区，路窄，有些荒僻。几年前我曾在那里深入生活，电视剧《傍海人家》也是在那里拍摄的。我和市委宣传部的刘庆生同志陪他去找。深圳真是日新月异之地，找来找去，那个渔村居然找不到了。我考虑不周，白耽误翟部长的宝贵时间。他却说：好事。发展迅速，傍海人家都不见，一片汪洋水连天。

2003年我抑郁爆发。那几年我关闭手机，不与外界联系。直到2008年《旷野无人——一个抑郁症患者的精神档案》出版，同时入选国家出版总署的国际出版工程系列。《文艺报》登了相关报道。一天，我突然接到一封很厚的信。翟部长写的信，附上六页纸的《旷野无人》读后感。

重新联系上之后，翟部长说：你没有音讯。我托庆生打电话找你，想知道你的癌症还有事没事？他找了一年多，找不到。电话也不通。他呀就跟我说，怕是啊……人不在了。我心里头难受哇。没想到……你还活着！还写了一本书。

我告诉他，重度抑郁。我在旷野里待着呢。翟部长说，那你就要走出来。走出旷野就能看到，关心你的朋友们都在呢。我们念叨你惦记你。记住喽，以后遇到困难，一定要说。我们会帮助你。

他的批评让我感动。上海世博会那一年，翟部长邀请我们班几个同学一起去上海看中国馆。人山人海的，不一会儿，我就掉队了。我找不到我们这支小分队，就独自出了中国馆，在馆外发呆。同学关仁山满头大汗、急急忙忙找到我，说：掉队了吧。翟部长发现你没跟上来，派我们找你，赶紧归队。老爷子下令，归队。

归队的感觉很愉快。

在北京开中国作协全委会，接到翟部长夫人韩大姐的电话，说翟部长叫我去他家坐一坐。我知道，他俩是关心我这个伤病员，要问我近况，需要什么帮助。韩大姐竟自己开车到会议所住的宾馆附近来接送。翟部长有司机，但是这样的私人小聚他不麻烦司机。我曾跟叶广芩一起，吃过翟部长亲手做的北京炸春卷，也啃过韩大姐在牛街给我买的冰糖葫芦。空着手去，回宾馆时手里拎着几样北京小零食。这种脱离世俗功利的师生情谊，很难得。

中国作协全委会小组会上，讨论落实习近平总书记在文艺座谈会上的讲话精神，要求作家们深入生活，扎根人民，在新时代写出人民欢迎的作品。作家们纷纷说自己准备去什么地方深入生活。我说，我要去精神病院“卧底”，直面精神病患者的困境与挣扎，看看医护人员怎样医治、帮助这个群体。作家们给我支招。有人笑说：估计也就你能混得进去，还能把书写出来。

会后，接到翟部长的电话。他说：作家就要有这种勇气和胆量！但是，你要依靠组织，计划要周密，必须保证安全出来。

韩大姐接过电话说：你要报备，以防万一。

我犹豫。确实有危险。

世卫组织提出：没有精神健康就没有健康。2010 年第一期《自然》杂志的编者按就提出：2010 年至 2020 年是精神障碍的十年。欧美及中国科学家都在关注“脑计划”。人类社会发展到如今，疾病谱发生了深刻的变化。21 世纪的人必须具备这种常识。我想在精神病学和文学交汇地带试着探索一下。即便失败，摔得头破血流，但我尝试过。深圳人不怕摔。我向中国作协、省作协做了报备。

精神疾病是全球公共卫生问题。据 WHO 统计，全世界约十亿人正在遭受精神障碍困扰，每四十秒就有一人自杀。而中国十四亿人口中，约两亿有精神心理问题。作家有责任关注这个沉默而边缘的群体，为他们发出声音。传递爱，传递生命的尊严和希望。

我先选择了广州市惠爱医院。中国第一家精神病院，成立于 1898 年，创始人嘉约翰医生是孙中山学医时的老师。我在惠爱医院病房里住了三十五天，直到因全麻醉电休克引发短暂失忆才撤出。由广东省作协党组给惠爱医院党委办传真公函，写明：作家李兰妮在贵院深入生活，现有文学工作需要立即出院。

出院后，我有一个多月短暂失忆期，见到邻居记不得人家姓什么。说话张嘴没听见声音，不敢出门。

翟部长曾问我：是医生要你接受电击吗？我说：是我自己提出接受电休克疗法。翟部长说：很危险啊你知道吗？我说：知道。我做公益活动时，告诉大学生，要了解精神障碍的常识，该吃药吃药，该住院住院。我得亲自试一试，把这些真相告诉他们。

翟部长感慨道：好。实在。没出事就好。

中国作协主席铁凝也几次提醒我：兰妮，你要特别小心，我担心你。要知道你出院了，我才放心。

我又去了北医六院住院。这是中国精神专科医院科研、管理连续八年排名第一的精神病院。我一人北上。一住二十八天。

出院后我才报告翟部长，不愿劳烦他们去精神病院探望我。翟部长批评我：精神病院怎么了？怎么就不能去看你？顾忌多余！

在京住院，当天就被从澳洲回国治疗的患者认了出来。

一些留学生看过央视《开讲啦》我的演讲《好好活着》。实习的住院医生说，他们博士专业课老师在课堂选用《旷野无人》书里的实例，要他们深入病人的心理，学习怎样与病人沟通互动。

翟部长欣慰地说：作家的心血没白费，这叫造福社会。

我写《野地灵光》这部纪实长篇时，特意告诉翟部长夫妇，我会关闭手机。不要担心。

2020年1月12日完成长篇，交稿给人民文学出版社。1月下旬得知“新冠”疫情的严峻。2月，老父亲胃出血入院，3月病逝。焦虑，抑郁，似乎诱发了创伤后应激障碍。我努力，努力往光亮处看。

4月初，翟部长通过微信发来了他创作的长诗《大武汉颂》，气势磅礴。电话中，他豪迈大笑，说：我就是对武汉有信心，对中国有信心。你应该听听交响乐！

9月上旬，翟部长来过电话。他中气十足地大声问：你那本书出来没有？我要看。

我说：快了。

翟部长说：野地……有光了。

我说：是啊。旷野，心灵。有爱的温暖和光亮。

翟部长说：噢我要看看。我要了解这个领域。精神领域啊，这个……尖端必须了解。你要了解世界，不懂这个不行。

我想起了那年上课，授课老师讲高新科技，翟部长坐在讲台一旁，与我们一同听课，听得那么认真。学无涯，赤子心。

原载于2020年11月中国作家网

与秋天告别

——怀念翟泰丰书记

叶广芩

2020年秋天，因新冠肺炎疫情的暴发，我滞留在日本不能回国，国内事情挤压着，件件都迫在眉睫，心里烦躁难耐。异国他乡让人有股难以压抑的惆怅，只有动笔写作，排遣不安，笔端全落在老北京四合院和陕西秦岭深山。

第一波疫情刚缓，第二波疫情又暴发了，第三波来势更猛，胜过初始，一日确诊两千人，已经连续近半个月了，这在国内是难以想象的，不知多少个区域被封闭，多少人被隔离家中。

更加的不安加上更加的恐惧。

此时，接到了国内深圳作家李兰妮的信息，翟泰丰书记凌晨走了。急病，走得突然，走得干脆利落，正如他的性情。

当时我正在从京都回名古屋的路上，这个噩耗立时让我五雷轰顶，半晌说不出话来。脑海里浮现出老书记的音容笑貌，映衬着车窗外岚山的红叶，落日的余晖，壮丽凄美……

这位兄长式的领导在红叶的簇拥下，转身走了，走向秋日的万道霞光。

不会再来。

文章真处性情见，谈笑深时风雨来，那荡气回肠的笑声，随着秋风渐行渐远，渐渐地听不真切。

怎么可以消逝?

总是觉得人还在、还没走。或许明天又会邀我到他那儿去欣赏他新收藏的印章，或许又说他家里做了什么好吃的，或许又兴致勃勃地谈论他的两只调皮小狗，对我来说，他不像是领导，更像是家族里排行众多的老哥哥中的一个。在北京开会，有这样的期待，不定什么时候我们那个学习班的同学会约定，到老书记家去搓一顿，吃大户，他们家的饭桌很大，也不定大家在什么时候又相聚在某场会议中，是的，生活的常态就应该是这样啊。

1998 年夏天，我参加中国作协举办的“邓小平理论学习班”来到北京，学员们来自全国各地，有张平、陆天明、周梅森、秦文君、李兰妮、范小青以及河北的“三驾马车”何申、关仁山、谈歌等等共二十多个。据说这些人都是翟书记亲自点名的，是很有发展前途的一批作家。

我自认为在其中当数另类，作品既无宏大叙事，也谈不上什么主旋律，只是讲述着老北京残留的点点滴滴，《谁翻乐府凄凉曲》《梦也何曾到谢桥》，文章颇带伤感落寞的气氛，总觉得这位书记点错了人，在众人中有些落落寡欢。

我的经历让我难以进入“宏大”，进入“潮流”。1968 年，我离开北京来到陕西，骤然的连根拔起，是一种撕裂，一种毫无招架的被动。黄土地的硬风磨砺摔打着我，那是和京城完全不同的岁月，我在默默地思念着故乡，在他乡的日子里极目望向家乡的故土，隔空写下一篇又一篇被读者称为“好看”，其实是陌生的“京味文学”“民国文字”。

一为迁客长安去，北望京师不见家。其实故乡东城四合院的家已经没了，北京火热的房地产事业将它变成了大楼。幻想在老屋里与家人喝着从东直门打来的豆汁儿，吃着羊油炒的麻豆腐，闻着家的熟悉气味，想的是将来能在这狭小的静谧中地老天荒地与家乡厮守下去，已变作梦想，变作绝无可能。有一年我回去，老宅子已经荡然无存，变作了一片瓦砾场，变作了一片拾掇不起来的苍凉。“回廊四合掩寂寞，碧鹦鹉对红蔷薇”，叶家的十四个孩子曾经在这里进出盘桓，哭笑玩闹，争吵打斗，演绎出了多少故事，生化出了多少情感……百年的庭院，容纳了太多的欢乐和辛酸，太多的浮躁和沉重，难以一一拾掇。我曾经在夏日的骄阳下，狗一样地在废墟上寻嗅，寻找家的气息，寻找那沉落于砖头瓦块中记忆的丝丝缕缕。

家没了，亲人们已经老去，去年我的最后一个九十二岁的哥哥离开，我便成了这个家族中辈分最高，直面大风的长者……躲开吧，还是远远地躲开这片惆怅和难以言说，不想再回。

我在一些篇章里详细地写过想念家乡的春饼，那难以寻觅的地地道道的家的味道……只有老北京人才能吃出它的细致，吃出它的讲究，吃出家的仪式感。春饼必须与家人围桌同吃，配以和谐的小米粥。

这些文字大概是被心思缜密的翟书记捕捉到了。

我被点名来到了北京，来到了一群朝气勃发的作家中间，他们的气息来自天南地北，他们的欢声笑语、高谈阔论充盈着作协大楼。

那个学习班令人印象深刻。开学第一天，翟书记坐在台上点名，让我们要像军人一样响亮答“到”。文人们终是不习惯，开始还嘻嘻哈哈，但看到台上那张严肃的面孔，都不敢造次了，意识到这次学习的必要、严肃和与众不同。果然，开学典礼没有惯例的讲话，唰啦啦一人被发下几张考卷，面对二十几道时事政治考题作家都蒙了，平时哪儿干过这个。虽然在各自单位也有过政治学习，可是谁又走过心，到现在全抓瞎了。难堪是必然的，都硬撑着，作家的笔不会轻易言败。

面对那些陌生的题目，我连一句带有“政治色彩”的话语也说不出，索性用“散文的手法”来回答了。看周围平时侃侃而谈的作家们，此时大都抓耳挠腮，一脸蒙。台上的领导俨然成了监考，一副不通融的模样。他把我们的答卷看了一圈说：“净是胡答，答得不错的是何申。”

有人在下头小声说：“何申是《承德日报》社长，他应该全答对。”

我们那些写满散文、诗歌的答卷翟书记认真收起，没有让它们“散落人间”，这让我们释然。

这“下马威”式的开学典礼，胜过任何开学动员，让我们知道我们还差得很远，我们知道得还很少，我们不能脱离社会，脱离时代，光讲究艺术是不够的，从根上我们得立得住。我们也感到了这位领导的温和厚道、善解人意，知道他会像老大哥一样护着我们，有他的遮挡，会省我们许多闲心，许多麻烦。

学习终了，我坦诚地跟这位中国作协党组书记探讨“主旋律”问题，谈到对于故乡难以割舍的让人心痛的思念，领导说，主旋律的概念是宽泛的，是积极向上的，你在他乡更可以在已经奠下的文化基础上提升跨越，开拓新的东西。时间长了你就知道了，北京对你只是生命的一个方面。

我不是糊涂人，明白了他的意思，就是说在写作上，自己必须有所突破、接续和拓展，破解传统和地域的迷思，与在陕西的优势接轨。于是，在2000年，我向陕西作协提出到基层挂职，同年经组织部安排来到了周至县老县城村。这里是秦岭腹地、野生动物保护区，在乡下一待九年，其间创作了一些陕西题材作品，瓜棚豆架下，山村田野中，思路有了拓展，用另一只手，另一片思维，展现出另一片相对严肃的文字。西北之地另有吉光片羽，每一次的感动都成为我生命的另一篇章。

这是一种连接大视野的展望。有一年，作协在北京开全委会，翟书记已经离休，他特意让夫人韩大姐开车将我和李兰妮接到家中，给我们做了一顿地道的北京春饼。

多少年没吃春饼了。

离开北京几十年，没有一次有人在家烙了春饼等我。我早已没有此种奢望……吃着春饼，我想起了自家的那些兄长，在他们跟前我是一个多么幸福的老妹妹。可是，我的那些老哥哥们都像老玉米粒儿一样，一颗一颗掉了，没了……想到这儿，眼圈就有点儿红。

人情重怀土，飞鸟思故乡。

一顿春饼使家乡的情结凸现出来。饭后，翟书记给我看他的印章收藏，我的父兄都是搞画的，印章对我不陌生，为此很是有共同语言。印章有些是很有历史价值的。这使我感到过去的岁月里暗含着今天的必然，在今天的现实中又能窥出逝去岁月的痕迹，就在当下，我体会到了过去和今天的衔接，体会到了我们对文化的理解和对艺术的尊重。

现在已经进入大雪节气，北京飘落了第一场雪，名古屋的窗外也是树叶凋零，一片肃杀。在这样的时候，更让人怀念那个红叶蒸腾的秋天。眼见着，他在秋的簇拥下，踩着红叶渐行渐远，我们不禁呼出：我们永远记着你——

原载于 2020 年 12 月《文艺报》

琐忆“老翟”书记

——文学志业，处处需要这样一棵磊落长青的“劲松”

许建辉

1

2020 年 10 月 9 日 11 时左右，一个陌生电话告诉我：“老翟走了！”

噩耗突如其来，我被砸蒙了，半天说不出一句话。

“老翟”不是别人，他是中共中央宣传部原副部长，中国作家协会原党组书记、副主席翟泰丰——“老翟”，是中宣部和中国作协机关老少人等送给他的既亲且敬的称谓。我在给姚雪垠先生当助手期间，曾耳闻目睹老翟书记给予老作家的诸般关怀与支持，同时也沾光得到了许多教诲与鼓励。姚老视老翟书记为相识恨晚的忘年交，我则感觉他更像一位至诚至朴、可亲可敬的良师益友。

老翟书记走了？我不信！我诅咒那个电话，我质疑它的真实！我清清楚楚地记着，就在 9 月 21 日下午，我还发过微信，向老书记报告 10 月 10 日将在南阳召开“姚雪垠学术研讨会”的消息。不过半月光景，竟成霄壤之别？这不可能！我认定自己是在做梦，我乞盼噩梦醒来是早晨！

可是，又不能不信！因为给我打电话的不是别人，而是老翟书记的夫人韩寒老师。我与韩老师素昧平生，我的手机号码还是她托人几经辗转才打听到的。之所以给我这个陌生人打电话，是因为韩老师知道老书记一直惦记着“姚雪垠研究会”和“姚雪垠长篇历史小说奖”，又看到老书记接见来访者的预约记录本上一直留有我的名字。“人在时你没见上，人走了就最后来看一眼吧！”韩老师这话太扎人心，电话两端都哽咽了。

那一天，正是南阳会议报到的日子。放下电话，我即登上了南下的高铁。一千多公里的行程，五六个小时的驰奔，头脑里始终一片灰白，似乎什么都没想而实际是在一刻不停地想、想、想，有关老翟书记的记忆，就在这想与不想的懵懂中，点点滴滴浮现眼前。

1996 年 7 月 2 日，在中国现代文学馆与东城区图书馆共同举办的“茅盾先生百年诞辰纪念展览”开幕式上，姚老刚进展览大厅，老翟书记就急步趋前，热情地握住老作家的手嘘寒问暖，谈笑间还不忘对我这个普通工作人员谆谆叮咛，说姚老既是大作家又是大学者，让我一定珍惜当助手的机会，好好工作好好学习，争取成为一个得天独厚的“姚研专家”。亲切的话语真诚的关怀，让我如沐春阳如坐春风，初见大领导的紧张情绪刹那间烟消云散。

2

1999 年 4 月 29 日，姚老仙逝。前往吊唁的老翟书记肯定了老作家“一切从简不搞遗体告别不开追悼会”的遗愿是“高风亮节”，却坚持要“写一份生平材料搞一个送别仪式”以遂“广大读者心愿”。当最后决定由我执笔“生平”初稿时，作协办公厅秦友苏处长特意打电话传达“‘老翟’指示”:“初稿不怕长，不怕面面俱到。姚老十九岁开始文学创作，以笔为枪反帝反封建; 1937 年后又积极投身文化抗战，五六十年代还写出了《李自成》，这些经历都要实事求是写出来，哪一个节点都不能漏掉，写不到位就对不起老人。如果需要核对档案，可以直接去找作协人事部门……”实实在在有情有义的一席话，既有原则要求又有方法指导，既打消了我的顾虑又鼓足了我的勇气。当时我只觉满心温暖，事后思之则油然而生敬意。

2010年10月8日，中国作家协会在中国现代文学馆举行“姚雪垠百年诞辰纪念座谈会”。老翟书记出席会议并做《用生命写作》的主题发言。发言中特别提到1985年姚老在《红旗》杂志上发表的《创作实践与创作理论——与刘再复同志商榷》一文，“论点鲜明，论据扎实”，“不但震撼了文艺界，而且引起整个理论界、学术界的广泛关注”，让他“深感雪垠老马克思主义理论修养颇深”而心生“敬仰”，并且毫不顾忌地断言：“尽管当时社会上对此文有诸多不同声音，但文章是经得住历史检验的。”掷地有声的话语回响在会场上空，让人不禁联想起马克思、恩格斯关于“共产党人从来不屑于隐瞒自己的观点和意图”之宣言来。

2016年8月1日，老翟书记的秘书打来电话，问我手头是否还有《姚雪垠传》存书，如果有，是否能送老书记一本。不用说，书是立刻就寄出去了，但那个电话搅起的心中波澜却久久难平。对于一个业余写手来说，老领导对自己著述的关注，该是多大的支持和鼓舞！更何况事情并不到此为止，收到“姚传”后的老翟书记，竟亲笔给“建辉同志”写了两封长信，第一封六页，第二封五页——印有红色字头的信笺上，每一页都用铅笔写得密密麻麻。其中专门谈到了“姚传”所记姚老与吴晗的谈话内容，谈到了姚老关于历史真实与艺术真实的论述，谈到了郭沫若老的《甲申三百年祭》，谈到了吴伟业的

《圆圆曲》，但谈得最多的还是姚老作为一代学问大家的治学态度。信中写道：“姚老在《李自成》艰辛创作过程中，虽经不尽的风风雨雨，但他始终坚韧不移，其一贯坚持严谨的学者风范，对晚明史的研究，已可与史学家为伍。”“我在他书房看到那一排卡片柜，和穿孔立卡整齐排放的小小纸片，不尽钦佩！”“现在写历史题材的作品不少，但创作者们对姚老写《李自成》的科学严谨审慎的创作精神知之甚少。”“……发扬姚老的这种文学创作精神，按照习近平总书记的要求，把文学创作从平原攀上高峰。”当此之时，老翟书记已是八十三岁高龄，但他所关注所惦记的，仍然是作家是作品是祖国的文学事业。“老骥伏枥，志在千里”，“鞠躬尽瘁，死而后已”，先贤们的这些抒臆名言，莫不是老翟书记精神世界的生动写照？

3

2019年5月31日，我第一次也是最后一次登门拜望老翟书记。老书记身着咖啡色团花软缎中式夹袄，一身休闲打扮，一脸和蔼笑容，精神矍铄，思维敏捷，口若悬河，汩汩滔滔。所谈内容给我留下最深刻印象的，是他关于姚老的“对阵”一说：1991年秋，时任中宣部副部长的老书记曾给媒体的记者们讲过一堂课。老翟书记回忆说，那时候，各种各样的主义、学说层出不穷，他在课堂上与记者们只是“对话”，尚且难以进行；而姚老却挺身而出，在《红旗》上发表文章商榷，那可是“对阵”啊！“要没有一种大无畏的牺牲精神，是不可能站出来顶上去的！”“对阵”？不就是“亮剑”吗？姚老是作家也是战士，他一生都在战斗。反帝，反封建，反官僚主义、教条主义、宗派主义，反资产阶级自由化。他以笔墨为枪，为祖国为民族求解放争自由，捍卫信仰捍卫真理捍卫实事求是精神，他生命不息，战斗不止，从无畏惧，从不后退。“对阵”一词，精准地概括了姚老无所畏惧勇往直前的战士品格。“翟泰丰同志”，姚雪垠的“知音”是也！

就在这次面谈中，老翟书记还讲到他多次为历史小说作序、为历史题材电视剧当顾问的经历。“起不了什么大作用。多是老生常谈。但年轻人既然找来了，就不能把他们推出去。就当个啦啦队员兼场外指导，也算是对年轻人的支持和鼓励吧。”老书记很谦虚：“跟他们谈谈‘延座讲话’精神，谈谈十八大以后召开的文艺座谈会精神，谈谈个人对文艺创作与思想、政治、生活以及作者个人情操之关系的理解，说白了就是给年轻人把把关、鼓鼓掌、助助威，让他们更好更快地成长起来。”又谈到姚雪垠研究，老书记说“姚研”不能只满足于研究姚雪垠一个人，而是要通过研究来宣传一种精神风范，比如姚的治学精神和“亮剑”精神；并且说他还是想为“姚研”做一点力所能及的事情，比如在中国现代文学馆建立“姚雪垠长篇历史小说奖励基金会”……热情似火真诚如金的侃侃长谈，让我听得感动复感动。心意沉沉中，眼前仿佛闪现出“为人民服务”几个辉煌大字，耳边恍惚响起了“俯首甘为孺子牛”的动人歌吟。

此后，我与老翟书记加了微信。不多的隔空笔谈，经年之后仍历历如昨：“翟老:《百年雪垠》画册上您的三件墨宝，才疏学浅的我竟不能顺利通读，特全部录下求释，请百忙中务必赐教！”“建辉：客人刚刚散（研讨电视剧本），故看手机已晚，实在对不起。不能通读不怪你，是我字写得不规范，常常久久难自识。下面将三首拙诗的行草体楷化于下……”“翟老，河北大学给会议起了一个很长的名字：‘新世纪姚雪垠研究的推进与深化学术研讨会’。您题赠会议的墨宝已裱好，届时会悬挂于会场并有人宣读。我拟于 8 月 10 日一早赶赴保定参加会议。您还有什么指示吗？”“向与会的专家学者、历史学家、历史题材文学家致以亲切问候……”我转发池莉的《隔离时期的爱与情》，翟老回复：“池莉是个老作家啦。她的作品都很有思想。”我转发《方舱医院的社会学意义》，他也予以风趣回复：“意大利街头标语：不要乱跑，这里没有火神山没有雷神山也没有钟南山……”我转发孙经先的《他戳破了二十世纪中国最大的谎言》，他回复：“数学家的‘三千万人’科研及其学术态度，令人钦佩，这完全是科学的、勇敢的、无私的奉献……”

——岁月如川，流不尽如烟往事；忆海无涯，掬不完浪花朵朵……

4

2020年10月12日10时30分，老翟书记的遗体告别仪式在八宝山殡仪馆东礼堂举行。疫情防控期间，凡集体行动都严格限定规模，而东礼堂外的小广场上，单是各种姓氏的“晚辈”“后生”们敬献的花圈，就层层叠叠摆了一大片——由衷的怀念，表达着由衷的敬仰，诉说着老翟书记的人格魅力。

送走老翟书记的当晚，我又打开了“劲松”的微信，又读到了老翟书记于2020年3月28日12时06分发来的他的最新力作《大武汉颂》。激情澎湃气势如虹的长诗，让人不禁联想到他的《共产党宣言》书法长卷……一个为中华人民共和国的诞生扛过枪流过血的老共产党员的所思所想所作所为，就这样磊磊落落坦坦荡荡地写满了人生的最后一张答卷。

“劲松”，老翟书记的网名。每当看到手机屏幕上的这两个字，我就会想到“暮色苍茫看劲松，乱云飞渡仍从容”的诗句，想到“革命人永远是年轻，他好比大松树冬夏长青”的歌词。不管以此为名的初衷何在，我只坚持我的认识我的理解：“劲松”不凋，老翟书记的生命之春长在。

2020年11月28日上午完稿

原载于2021年1月《文学报》

怀念翟泰丰书记

李泓橙

如果说，张惟老师是胜友文学领域的伯乐，那么翟泰丰书记便是胜友在事业上取得赫赫成就的引路人。

翟部长慧眼识珠、知人善任，他既支持胜友在重大题材的作品创作并取得许多重大成就，又引导胜友走上改革开放的光辉大道，让他走在文学出版界改革第一线，成为改革开放的领潮人。在当代的大变革中，在实现民族伟大复兴的道路上，胜友始终艰苦奋斗，文武兼程，施展才华，彰显抱负，不负重任，不负时代，不负人生，成为出版界改革开放专家、带头人。

2020年10月4日，这位德高望重、平易近人、幽默风趣、和蔼可亲、充满智慧而又慈祥的长者永远离开了我们，离开了他热爱并为之奋斗一生的这片土地。当听闻翟老立下遗嘱：死后骨灰撒入大海，所有书籍、手稿、藏品全部捐献给国家！一刹那，强烈震撼着我的心灵，久久不能平静 ......

如今，斯人已去。这对工作与生活上的一对老搭档、老朋友都已先后离去，只留下让人念念不忘的一段佳话。

见字如见人。如此好的人，我想念他。

（附记：胜友去世后，吾想给胜友举办一场手稿展览，恳请翟老给胜友的手稿展撰写前言。部长欣然应允，不顾年老体弱多病，一遍又一遍不厌其烦地修改稿件，最终定稿，特嘱咐秘书送达予吾。如今，胜友手稿展因各种原因迟迟未能举办，然而翟老已驾鹤西去……面对翟老最后的手迹，犹如再见其亲切和蔼矍铄的面容，那双慈爱的眼眸一直注视着吾……）

2021 年 5 月 31 日

翟兄吟

李登柱

墨翰行云书画畅，笔锋流水驭文工。
鞠躬尽瘁忙仙去，奋斗无涯至义终。
老马为驹南北跃，耄翁过雨往来匆。
初心不改胸襟灿，正气常飙志胆红。

颂　兄

李登柱

菊梅高雅兰花婧，画面飞闻竹叶声。
墨翰行云书法畅，笔锋流水曲章精。
昨天谈论文坛事，今夜驰研党建情。
虔敬老人讴小路，仰瞻新月唱星晶。
长诗慷慨追丁亥，大赋高昂颂小平。
沥胆披肝歌武汉，呕心滴血敬雄英。
胸怀信仰忠宏愿，手录宣言誓笃行。
奋斗终身为理想，鞠躬尽瘁奉章程。
正声研讲东西会，壮耄挥毫夙夜更。
初志不衰春意漫，清风常荡百花迎。

做人的楷模　精神的典范

——深切怀念翟泰丰部长

杨立元

从河北省作家协会主席关仁山那里得知原中宣部副部长、中国作协党组书记翟部长逝世的消息，感到十分悲痛又十分惊讶。翟部长虽年事已高，但精神矍铄，有一种“革命人永远是年轻”的老当益壮的姿态，且谈笑风生，开朗乐观。一年多前，我还曾与关仁山去他家中探望，见他身体十分健康，精神状态饱满，怎么这么快就离开我们了？这怎不令人伤悲心痛！

翟部长与我是同乡，他在丰南东部的小集镇，我在丰南西部的唐坊镇，两地相距有不足百里。这样就使得我对这位出自家乡的作协领导不仅由衷地感到一种钦佩，而且感到一种亲近，一种骄傲。小集镇是出人才的地方，这里古今出了许多著名的人物，那棵迄今已有上千年珍奇的银杏树，成为小集镇的一个美丽的景点，显现着小集镇历史的久远。每逢路过此处，我总是情不自禁地看上几眼。每次来唐山，翟部长也总是去故乡看望亲人和乡亲们，在言谈话语中间或还有些乡音。小集话较之丰南其他地区比较特别，响脆清亮，不像老呔话那么婉转。翟部长谈话高亢洪亮，感染人心，大概与家乡的语调也有一定的联系吧！所以，每逢见到他，我总是爱听他讲话。他的话声声入耳、字字动心，每逢说到动情处，便爽朗大笑，众人也随之欢笑，气氛融洽、其乐融融。我想，与这样的领导在一起怎么不会充满欢乐、和谐呢？所以对他，我一直十分景仰。

凡是接触过翟部长的人，无一不被他热情爽朗、宽宏大度的性格所感染。他那棱角分明的脸庞、平易近人的态度、幽默风趣的谈吐给我留下了深刻的印象。他就像一个强大的审美气场，深深地吸引着每一个接触过他的人。面对着他，我丝毫感觉不到这是一个年逾八旬的人，他是那样地精力充沛、机敏睿智，岁月在他的身上没有留下痕迹，沧桑在他的脸上没有留下刻度。“革命人永远是年轻”在他的身上得到了充分的印证。更使我惊叹的是他的传奇经历。他生于 1933 年 5 月，十四岁时便穿上了戎装，在晋察冀三纵队八旅二十二团当战士，不久便参加了解放石家庄的战役，用枪杆子打开了国民党军队把守的“石门”。此后，他又参加了解放华北的许多战役。谁能想到，一只曾经握枪杆子的手竟握起了笔杆子，写出了几百万字的作品，而且文学创作、文艺理论等文体的写作都达到了相当高的水平。

我与翟部长发生联系是20世纪90年代中期。那时，关注社会、反映现实、关注民生的作品在不知不觉中兴起，后来有人把这种现象称为“现实主义冲击波”，而发轫者便是河北“三驾马车”。他们的创作倾向引起了时任中宣部副部长的翟部长的注意，他对“三驾马车”给予很大的帮助和很高的评价，并给予了大力的扶持，使得“三驾马车”走向全国。后来，我把评论“三驾马车”的文章汇集成一本书，书名叫《“三驾马车”论》，由何申找到时任中国作家协会党组书记、副主席的翟部长题的词。翟部长的字写得非常地好，俊朗清秀。我非常感谢，也非常感慨：“一个拿枪的手，不但把作协领导得这样好，文章写得这样好，字也写得这样好，真是难得的一个全才啊！”从此以后，我便与翟部长有了一种情缘。但我与他的见面却是2006年9月26日在石家庄召开的“‘三驾马车’创作十年座谈会”上。我作为“三驾马车”的提出者在大会上第一个发了言，对“写人民和为人民而写”创作成绩进行归结。翟部长对“三驾马车”所取得的创作成就给予充分肯定，对他们现实主义的坚守表示了极大的赞许，并把这种创作方法称为对传统现实主义继承和发展的“新现实主义”。

2010年的秋天，我在唐山宾馆再次见到了翟部长，他精神依旧那样矍铄，心情仍然那样开朗。他虽然已经退居“二线”，但依然工作在一线，保持着战斗的青春。他带来一班人，准备给开滦煤矿拍摄一部反映百年历史的电视剧。我将我的理论专著《新现实主义小说论》和《“三驾马车”论》的精装本赠予他。他欣然接过，与我握手欢笑。在座谈会上，他悉心听取了唐山本土研究开滦史的专家对开滦百年历史的介绍以及唐山文艺界人士对如何拍摄该剧的意见。在他的带动下，大家畅所欲言，毫无芥蒂，共同为家乡的文化事业的发展繁荣尽心竭力，达成了很好的意见。看着他“老骥伏枥，壮心不已”的神态和依然那样坚实沉稳的身形，我心中生发出许多的感慨：一个德高望重、成就卓著的文艺界和宣传部门的领导，正是该好好享受的时候，但他却依旧为文化事业奔忙；虽然他身居高位，但却永远以一个兵的战斗姿态在一线工作。真可谓“生命不息，战斗不止”。不久，我收到了侯秘书给我寄来的六卷本一百五十余万言的《翟泰丰文集》，其中包含《文艺理论卷》《文学评论卷》《散文随笔卷》《书信往来（上卷）》《书信往来（下卷）》《诗词卷》，以及两卷本的长诗《三十春秋赋》，这沉甸甸的文集捧在手里，使我感到了翟部长生命的重量、精神的质量。他在百忙的工作中激扬文字，著书立说，这是怎样的一种生命状态和精神状态啊！怎样的一种精神境界啊！他不仅是我们的领导，也是我们的榜样啊！

如今翟部长虽然已经离开了我们，但他的高尚的人格魅力、精湛的文学水平、提携后人的大家风范却被人们永远铭记，成为我们做人的楷模和精神的典范。

怀念翟泰丰同志

方祖岐

泰丰老部长离开我们太突然了，我没有想过他会离开。我自从与他在第十届政协开始接触这十多年来，深深地感觉他是一个不知疲倦的人，是一个领军文艺界做出重要贡献的人，是一个怀念军营生活对部队有深厚感情的老兵、老前辈，是一个对党对人民忠心耿耿“鞠躬尽瘁死而后已”的人，是一个让许多人放在心上永远怀念的人。他永远活在我心中。

早在 2004 年，他就为我的诗集《畅吟神州——中华魂之歌》写了一篇长篇序言——《豪放优美的诗篇》; 2011 年 6 月，他又为我的《爱我中华》诗书画选写了长篇评论文章《丹青挥洒爱国情》(曾刊登在当年的《文艺报》和《解放军报》)。同年，他为我的《黄山图》百米长卷题跋，称赞：此长卷在画黄山的作品史上，尚展首章；2019 年 2 月 25 日夜，他满腔热情为我的散文集《一个老兵的家国情怀》写了长篇序言，已成绝笔。他将我推到“儒将”的行列里，称我的散文是“教科书”让我诚惶诚恐。

泰丰同志曾与我一起多次参加全国政协的会议和活动，曾与文艺战线上的老同志一起在东北的白山黑水、南疆的粤广前沿，慰问“亲人解放军”和当地群众，留下了难忘的记忆。平时的相处和交谈，他都给我留下了我党我军红色基因的印记。俱往矣，特赋诗一首：

怀念翟泰丰同志

似曾谈笑又逢君，但问缘何隔世分。
碧血填胸冲日月，宏文遍地撒经纶。
风云度幻阴阳对，笔墨情深你我闻。
已到长征惊险处，忠魂伴舞共乾坤。

2021 年 5 月 26 日

——此系方祖岐同志致韩寒来信节选

合作者　好朋友

——忆翟泰丰同志

傅庚辰

大型声乐套曲《航天之歌》的合作

2003 年 6 月上旬的一天，全国政协教科文卫体委员会召开主任会议讨论调研工作，主任刘忠德提出要成立一个“难忘的歌艺术团”，并提议由副主任傅庚辰来担任团长。这时在场的另一位副主任、时任国防科工委副主任兼航天局局长栾恩杰同志说：“‘难忘的歌艺术团’能不能到我们那里搞一场慰问演出，10 月份我们要发射载人航天飞船，这是我国第一次载人航天飞行。”会场立刻活跃起来，听到这个消息大家都很兴奋，都为国家的航天成就而高兴。

几天后委员们再开会时，翟泰丰副主任就交给我一首歌词《中国飞船是神舟》。两天后我把它写成了一首女声独唱并由黄华丽演唱录音。录成的小样交给翟泰丰同志后，他（曾担任中宣部副部长、中国作家协会党组书记）拿到作协的会议上放给大家听，反响热烈。听到这个情况的当晚，我给他写了一封信，建议他"一不做二不休"，索性再写两首:《航天摇篮曲》和《航天圆舞曲》。前者是表现航天员的妻子在哄孩子睡觉时唱的歌，祝福航天员飞行成功胜利归来。后者是庆祝航天飞行成功时欢乐的热烈情景。泰丰同志接到我信的当晚一挥而就，两首歌词都写出来了。《航天摇篮曲》我写成了一首女声合唱，前面加领唱，轻柔而甜美，迷漫着美好的夜色。《航天圆舞曲》我写成一首男女声二重唱，热烈、欢快，喜庆、自豪，有回旋曲的色彩。这两首曲子写成后，这就有了三首新歌曲。栾恩杰同志知道后很高兴，专门召开国防科工委有关人员会议，"两弹一星"功臣孙家栋院士也来了，他在会上说，希望能再给航天队伍写一首群众歌曲，以便大家平时都能唱。这时我感到还不够丰满，于是又给泰丰同志写了一封信，建议他除了落实孙家栋同志的建议外，再写一首男声独唱《航天人之歌》，是歌颂老一辈科学家的。我在信中说:"每当我们想到'两弹一星'，想到航天飞行，想到我国科技事业的巨大成就，我们就会想到李四光、钱学森、钱三强、钱伟长那些闪光的名字。我国科技事业的进步是和他们分不开的……"泰丰同志很快将两首歌词都交给了我，我也迅速写出曲谱。这样一来，前后就有五首航天题材的歌曲。

为使这部套曲更丰满，我想到了1980年我为张爱萍同志诗《诉衷情·赠远洋船队》的作曲，以及1985年张爱萍同志给我写信并送来的歌词《腾飞吧中华！》，我作的曲。前者是向太平洋发射洲际导弹时他作为总指挥的诗作，我为电影《飞向太平洋》写的主题歌并得到他的称赞；后者是他写信邀我作曲，同样也受到他的称赞。这两首歌和新写的五首航天歌曲都有内在联系，放在一头一尾很自然很贴切。这样总共有七首歌曲，加上朗诵词共演出三十五分钟。总体结构：一、男声领唱与合唱《诉衷情·赠远洋船队》；二、男声独唱《航天人之歌》；三、女声合唱与女声领唱《航天摇篮曲》；四、男女声二重唱《航天圆舞曲》；五、齐唱《航天进行曲》；六、女声独唱《中国飞船是神舟》；七、男女声领唱与合唱《腾飞吧中华！》。

这七首歌曲首演于2003年10月，命名为《航天之歌交响音乐会》。时任全国政协主席贾庆林同志批示："要在全国政协礼堂演出，我要出席。"（后来演出时正值他出国访问，他还专门写信表示祝贺）演出单位是中国交响乐团，指挥李心草。当年12月底，这台音乐会应海南省委之邀到海口演出两场，乐队仍由中国交响乐团担任，合唱由海口市公务员和教师合唱团担任。他们非常努力，演出质量不比专业合唱团队逊色，演出地点是海南省人民大会堂。演出时盛况空前、热烈非凡，尤其是《航天摇篮曲》和《航天圆舞曲》深获好评。2004 年 2 月又由北京市委宣传部、市文化局组织，由北京交响乐团和三个业余合唱团合作，谭利华指挥，在北京航天城演出。由于当晚同时在中国大剧院举行“双拥”晚会，中央领导出席，所以当时的解放军总装备部部长兼“神五”航天总指挥李继耐和航天员杨利伟都被调到那里去了，这里由装备部的其他负责人和航天员翟志刚、北京市的负责人、全国政协的几位副主席出席。因为是在航天城演出《航天之歌交响音乐会》，是对口演出，效果当然很好。演出之后航天城向我和泰丰同志各赠送了一只精美的小皮箱，里面装着一副白手套和“神五”的航天模型作为演出纪念。我一直珍藏着它，感到很有意义。

大型声乐套曲《小平之歌》的合作

2003 年 12 月 31 日，我度过了全年的最后一天，在海口市胜利结束了《航天之歌交响音乐会》的成功演出。大家都沉浸在演出成功的欢乐之中，当晚的新年酒会气氛极其热烈。第二天，也就是 2004 年的第一天，乐团去三亚旅游了，上午我和泰丰夫妇在房间里闲谈，谈话间，泰丰的夫人韩寒对泰丰和我说:“明年是小平同志百年诞辰，你们俩还不写点东西呀！”一石击起千层浪！我们俩立即说:“对！是要写，应当写，要好好地想一想写些什么？怎样写？”回到北京后，我和泰丰同志多次商量，决定还是写一部声乐套曲，要写出他的功绩，要表达人民对他的爱戴。从1月至5月，泰丰同志在工作繁忙的情况下数易其稿，我也尽我所能，从作品的整体内容、形式、风格、结构以及歌曲的细节等多方面为他提供参考意见。5月下旬我拿到了歌词的定稿，6月1日我到成都，2日到广安，4日返成都，7日返北京。到广安是为了考察了解小平同志的家乡，他的出生地，他的生活背景;在成都主要是看专场的川剧，听专场的高腔。这七天的四川之行就是了解和感受小平同志的乡音乡情。事后证明我不虚此行。

《小平之歌》是一部声乐套曲，共分六段。序曲:管弦乐，主要由两部分组成。一是小平同志的颂歌，宏伟壮丽；二是对他出生背景年代以及对黑暗的旧社会的揭示。曲一:合唱《他从广安走来》。当序曲结束时，紧接着由男高音以高腔的形式独唱出“他从广安走来，他从广安走来”，合唱队的男低音以低沉压抑的声音用号子的形式唱出“咳哟嗬咳哟”。高腔式的领唱第二次出现，“咳哟嗬……”出现在女低音声部。高腔式的领唱第三次出现，“咳哟嗬咳……”出现在全体合唱队，接着唱出歌词“沉沉黑夜盼曙光，苦难人民盼解放，为求真理离家乡，投身革命奋斗忙”。之后的多段歌词概括和叙述了他一生奋斗的主要历程，全曲结束在“为理想，为人民奋斗”上面。而“咳哟、咳哟”的号子歌声也贯穿在歌曲的首尾，由低向高不断发展强大，为歌曲注入了动力，号子与高腔为这首歌注入了乡音，特色鲜明。这首歌如果换个名字也可以叫《奋斗》，这是小平同志一生的写照。

曲二：二重唱与合唱《三位老人》。歌中没说人物的名字，实际上指的是小平同志、卓琳和小平同志的继母，他们在逆境中，在失掉自由的情况下互相帮助，互相照料，充满人爱，充满人性之光，放射出生命的灿烂光芒。二重唱的男高音以宣叙调的方式唱出“一个沉沉的秋夜，一所空旷的步校，梧桐伴着暗夜呼叫，门窗伴着狂风呼啸”。二重唱的女高音采用节歌的方整性结构唱出：“有三位老人在风雨中煎熬，用他们温暖的亲情互相照料，哪怕黑夜沉沉，哪怕风狂雨暴，他们那生命的火光在闪耀。”之后合唱进入“啊”的乐段，之后男高音独唱重复女高音的歌词，合唱队再唱“啊”的乐段，再之后合唱与男女二重唱采用“卡农”的形式交替唱“啊”的曲调和最后一句歌词“他们那生命的火光在闪耀”。感情真切，情意浓浓，充满人性之光。

曲三：女声独唱《小路》，这是《小平之歌》的核心歌曲，歌中虽然没有说出小平同志的名字，但字里行间却无不流露出对小平同志深深的爱。它的生活依据是众所周知的“邓小平小道”，因为“邓小平小道”这几个字太直白，也不好唱，所以我建议泰丰同志改成了《小路》。小平同志自 1969 年 10 月至 1973 年 3 月在这条小路上行走一千多次，他们夫妇每天从住处到南昌机械厂去劳动，往返于这条田间的小路上，来回一个多小时，在静静的田野上无人和他们交谈，小平同志在每天一个多小时一千多次的三年田间行走中不能不思考问题，他当然会想到自己的前途和命运。但作为曾经担任党和国家领导职务的他，目睹“文化大革命”造成的动乱局面的他不会只想自己的命运，而更多地会思考党和国家的前途及命运，人民的前途及命运，一旦出去工作将怎么办？执行怎样的政策？这是他夜以继日、“日复一日，年复一年”思考的核心，所以这一千多次三年多小路上的行走是改革开放的思想酝酿；是实现党的工作重心从以阶级斗争为纲转为以经济建设为中心的思想酝酿；是改变中华民族命运，开创历史新时代的思想酝酿。这是他伟大的历史功绩，也是我们歌颂他的主要原因。但这一切在《小路》这首歌里都没有用政治术语和政治概念来表现，而是通过浓浓的情感和深深的爱恋来歌唱：“一条弯弯的小路轻轻地在述说，有一位老人曾在这里走过，日复一日，年复一年，他默默无语，他深深思索，我的祖国，你走向何方？亲爱的人民，亲爱的祖国，魂牵梦绕难割舍。啊！小路，小路，请你告诉我。请问他是谁？他是中国人民的儿子，他深深地热爱着祖国和人民，魂牵梦绕难割舍。”当独唱到“小路，请你告诉我”时，合唱队接唱“请问他是谁？请问他是谁？他是中国人民的儿子，他深深地热爱着祖国和人民。”独唱再接着唱：“他深深地热爱着祖国和人民，魂牵梦绕难割舍。”这一来一往、合唱与独唱的互相补充，使音乐的感情达到深沉浓重、强烈的地步。这就是当年我在“邓小平小道”上反复行走反复思考的结果。

曲四：男女声对唱与合唱《新编凤阳花鼓》。前三段唱都很深沉，到这里一反过去，豁然开朗，别开生面，因为讲改革了，人民生活出现了新气象。真实的故事是中国的改革先从农村开始，而农村的改革先从凤阳县小岗村开始，那里十八户农民为了粮，为了活，立下了生死状，搞起了联产承包，这就是“联产承包责任制”的雏形，结果“当年丰收有余粮”，所以从前奏一开始就锣鼓喧天喜气洋洋。为了更真实、更生动地表现这一题材，词曲都借用了安徽民歌《凤阳花鼓》，但后面做了新发展，使之更上一层楼。在歌曲的后半部，男女声的对唱采用复调手法，女声唱“啊”的旋律时，男声唱“说凤阳，道凤阳，凤阳是个好地方”。反之亦然，合唱队唱词时，对唱的二人同时唱“啊”，层层推进，合唱队最后念白：“说凤阳，道凤阳，凤阳是个好地方。”结尾全体同唱“好地方”达到全曲高潮。令人高兴的是，不仅《小平之歌》多次演出时这首歌都受到热烈欢迎，更值得高兴的是，去年初我带中国音协“田野的春天”采风团来到安徽凤阳县小岗村时，我实地验证了一下，看看《新编凤阳花鼓》是否与实际吻合，结果是省委宣传部把它确定为赠送给凤阳县小岗村展览馆的展览播放歌曲，省电视台也播放了《小平之歌》全曲。

曲五：大合唱《小平您好》。这是整部声乐套曲中唯一点名歌唱小平同志的一首歌。一开始合唱队唱“啊”，但这不是一般意义上的“啊”，而是再现序曲一开头歌颂小平的宏伟壮丽的旋律，使全曲统一，首尾呼应。这段“引言”之后，合唱队轻轻地唱出“小平您好”四个字，这四个字由合唱队四个声部从低到高，从轻到重，层层推进，当第五次出现“小平您好”时，全体合唱队以满腔的热情，呼喊般地唱出了这四个字，紧接着转为紧板快速：“您是百姓致富的贴心人，您是民族振兴的主心骨，百姓问候一声您好，您回百姓一个微笑，笑来了改革开放的时代，笑来了祖国建设的新面貌。”“……看那长江水面灯火明，看那南水北调气如虹，看那青藏铺轨架金桥，看那西气东输如春风。从边疆到北京，遍地都是不夜城……看那南海……看那东海……看那东北……看那西北……看那物质文明……看那政治文明……看那精神文明……看那协调发展……”这一个大段落里的多段歌词都是讲改革开放的新成果，国家、社会、生活的新面貌，新气象。当唱到“您曾庄严地宣告”处，歌曲转为宽广的慢板，以庄严神圣的语气唱出：“我是中国人民的儿子，我深情地爱着我的祖国和人民。”全体乐队与合唱队满怀深情地唱着、奏着，“我爱祖国和人民”多次重复，唱到高潮时，乐队与合唱队全部停止，让位于打击乐，于是钟鼓齐鸣，之后乐队与合唱队紧接着以全曲最强烈、最辉煌的音响唱出“祖国和人民，人民”结束《小平您好》这首歌，也结束了《小平之歌》全曲。写作《小平之歌》绝非偶然。从“文化大革命”的痛苦经历中，从改革开放的成就中，从国家、社会、人民的变化中，从正反两方面的经验教训中，我发自内心地敬爱小平同志。1986 年 9 月 1 日至 1987 年 1 月，我在中国人民解放军国防大学第一期学习期间，曾系统地学习了《邓小平文选》；1992 年年初，我参加中央军委组织的军队干部沿着小平同志“南巡谈话”路线参观学习。随后我专程到南昌望城岗小平同志被软禁的地方和他劳动的南昌机械厂去考察了解，在“邓小平小道”上反复行走。动笔写作之前又到了他的家乡四川广安采风，从思想上、理论上、生活上、情感上、音调上做了全面准备，因此真正动笔到完成全部总谱只用了两个半月时间。我庆幸与泰丰同志创作了这部作品。

这部套曲在上海演出两场，在广州演出一场，落幕时观众久久不愿离去。

为迎接党的十八大，翟泰丰同志历经数月手书《共产党宣言》，以表达一位文艺老兵对党的崇高敬意。“心的奉献——翟泰丰《共产党宣言》书法展”于2012年11月6日在中国现代文学馆举行。开幕式上还举行了捐赠仪式，翟泰丰同志将《共产党宣言》书法卷、《墨缘诗情——翟泰丰中国画集》以及全部展品捐赠给中国现代文学馆。

《共产党宣言》中文版近一万五千字，泰丰同志用毛笔一个字一个字地工工整整地把它抄写下来，这是何等的崇敬，这是何等的认真，我折服了。

我如约出席开幕式和捐赠仪式，见证了一位老共产党员、一位文艺老兵对党的崇高敬意，对共产主义的无比忠贞。我写下感言：理想就是力量、理想就是方向、理想就是旗帜，我们要高举共产主义的伟大旗帜胜利向前！并即兴作诗一首：“宣言”展览翰墨香，诗词书画皆芬芳。共产主义多美好，老骥伏枥奋斗忙。泰丰和诗一首：拙笔难书彩虹长，愧对庚辰赞芬芳。雾途沉沉莫迷茫，千金难买真信仰。

我与翟泰丰同志同在全国政协教科文卫体委员会担任副主任，我与泰丰同志合作两部大型声乐套曲（《航天之歌》和《小平之歌》），我与泰丰同志有着深厚的同志友谊。泰丰同志对政协工作热忱投入，潜心负责，党组织肯定他，同志们赞美他；泰丰同志的思绪如钢炉般炽热，泰丰同志的歌词如潮水般奔涌，他的豪情使我的旋律顿生，他的歌词使我的音符倾泻；泰丰同志是我工作中的合作者，是我创作中的合作者，是我可以深入交流的好朋友。

原载于 2020 年 11 月《中国文化报》

风范永留我心中

——怀念翟泰丰

钟建红

10月9日，中宣部离退休干部局发出讣告：中央宣传部原副部长，中国作家协会原党组书记、副主席翟泰丰于4日不幸逝世。惊闻噩耗，心中不胜悲痛，与老人家在闽西的交往又浮现眼前。

四年前的2016年10月8日，“张胜友文学馆”揭牌仪式和“张胜友文学创作座谈会暨《张胜友评传》首发式”在著名作家张胜友的故乡永定区高陂镇北山村举行。文学馆是张胜友捐出的一座建于清代的传统客家独居二层式土楼祖屋。翟老为“张胜友文学馆”题名，并亲临闽西为“张胜友文学馆”揭牌。他老人家很认真地参观了文学馆，在有些图片与实物前还仔细地询问。翟老是张胜友的伯乐，张胜友能在影视政论片上取得惊人的成就，除了张胜友的文学才华，与翟老的关爱也是分不开的。翟老在闽西活动了两天，作为《张胜友评传》的作者，我有幸参加了翟老在闽西的活动。9 日，在瞻仰古田会议旧址后，一行人在旧址前合影，翟老亲切地叫我站到他的身旁。这是一位和蔼可亲、平易近人的老人。

翟老非常关心基层的文学作家，非常理解基层文学作家文学创作的不易。在陪老人家吃饭时，他关切地询问我的写作情况，了解我写《张胜友评传》的过程。他时时点头，后来说了一句“不容易啊”，鼓励我努力写作。

2018 年 11 月 6 日清晨，微信上不断有张胜友在北京逝世的消息。早上九点多，我打电话向翟老的妻子韩阿姨确认此事。韩阿姨给了我确定的消息。此时，他们夫妻正奔往张胜友家中。

11 月 10 日上午，张胜友的告别仪式在北京八宝山殡仪馆举行。相隔千里之外，闽西文学界与当地政府也在“张胜友文学馆”同步举行追思活动。在活动筹备过程中，我将情况用图片发微信给韩阿姨，请她转告翟老。没想到翟老很快便给我回电话，仔细地询问会场布置情况。当了解到我们准备按照当地客家民俗，在遗像前设置香炉时，翟老严肃地说：胜友是共产党员，不能有封建迷信色彩，不能放香炉与插香，这是对张胜友形象负责。我当即接受翟老的教诲，调整了方案。把活动过程的照片向老人家汇报后，翟老很满意。他还通过韩阿姨把有关北京举办相关活动的照片发给我，为“张胜友文学馆”增加了珍贵的资料。

不久后，连城《客家文学》杂志拟出版追思张胜友的专辑，并邀请我做特约编辑。主编杨永松让我约翟老写一篇纪念文章。我和老人家取得了联系，他欣然答应。天有不测风云，就在约稿期间，曾经与翟老在战场上有生死之交的一位战友又不幸去世，老人家又一次陷入悲痛之中。尽管如此，老人家依然及时完成了约稿。随后，在 2018 年 12 月 28 日的《文艺报》上，我读到了老人家追思那位刚逝去的战友的诗作。

翟老身在北京，却时时关注着闽西的文学。2019 年，龙岩市作家协会文学创作交流中心成立，市作协主席刘少雄请翟老为中心题联。老人家欣然挥毫：“山横云阁千秋画，水纵龙川万里诗”，并为中心书诗：“勇夺八城曾建功，古田劲旅展豪雄。如今喜看银花树，胜地旗飘七彩虹。学士品茶话文脉，作家接地走蛟龙。东风化雨添山绿，千古源头是民宗。”

翟老是一位多才多艺者。1947 年 10 月，他参加晋察冀第三纵队，一年后从事企业管理，这一干，就是二十八年。随后，他到中宣部工作。2000 年走上中国作协党组书记领导岗位。翟老著作颇丰，涉及经济学、社会学，著有《社会主义市场经济读本》《马克思主义理论研究：当代科学社会主义理论探讨》《论改革也是解放生产力》《论有中国特色社会主义文化》

等；文学方面涉及散文、诗词、剧本、文艺理论、文艺评论，著有《翟泰丰文集》《羽家诗词选》《羽家文集》等；还有书法集《羽家书法选》《墨池吟诗》、国画集《墨缘诗情》、摄影集《光之韵》等。在当代中国，像翟老这样学识上涉及领域如此之多的，可谓屈指可数。

渊博的学识，造就了翟老胸怀宽厚、和蔼可亲、平易近人的人格。在翟老的身上，我们看到了老人家生命不止，学习不止，他那勤学奋进的精神，是我们晚辈永远学习的榜样。

结缘大自然

——缅怀翟泰丰先生

刘先平

突然听到泰丰先生驾鹤西去，怎么也难以置信。他是那么热爱自然、睿智、才华横溢、豪爽、幽默、仁厚、热情、平易近人，怎么说走就走了哩！不久前，我们还在电话中说到高黎贡山六百多岁的寿星——大树杜鹃王，还一再告诫我：你也是“80后”的顽童啦，别再爬海拔高的山峰啦……我们失去了一位领导、老师、兄长、挚友……悲痛重重。每当往事翻涌，却难以落笔……痛定思痛。

那还是1996年。中国青年出版社将我80年代出版的描写在野生动物世界探险的四部长篇小说《云海探奇》《呦呦鹿鸣》《千鸟谷追踪》《大熊猫传奇》和大自然探险奇遇《山野寻趣》，结集成“刘先平大自然探险长篇系列”出版。这年的11月，在中国作家协会举办的“刘先平大自然探险长篇系列研讨会”刚开始，时任中宣部文艺局副局长的郭运德展示了中宣部副部长、中国作家协会党组书记翟泰丰先生书写在宣纸上的题词：

“人与天合乃永世定律，刘氏之华章足以为证。”

字体遒劲、豪放。

郭运德说，翟部长另有会议，无法参加研讨会，但写了《会同先平探险归来》的贺信，要我代他宣读：

“拖着疲倦的双腿，拂晓时分会同先平探险归来。先是群猴遍山，又遇‘不失威风’之卧虎……随后分享小鹿在老鹿面前歪歪趔趔地撒娇受宠，再与画眉同歌唱……拂晓前使人惊心动魄的一场格斗，熊猫战红狼……魂入五部长卷，似神随刘氏，情思达尔文，既神奇又真实，既奥妙又独具魅力。吾早已沉睡在云雾飘绕的梦境、仙境，流连忘返……我等如此陶醉，孩子们又当如何……（《会同先平探险归来——致“刘先平大自然探险长篇系列作品研讨会”》）”

听着听着，我像是回到了山野，听到野生动物考察队朋友们的呼喊……热烈的掌声表明了这封别具一格的贺信同时也感动了参会的诸位——他对大自然的热爱。一幅遒劲、豪放的书法，点明了五部作品的主旨，一封贺信表达了他对描写人与自然故事的作品的感想。这一时刻的情景，深深地印在我的心里。感到和他的心灵相通——对大自然的热爱——开启了他对大自然文学的关注和支持，开启了我们之间的友谊。

我的感动还在于，贺信中的内容，都是那五部作品的情节，作为他那样肩负重任的领导，居然能阅读一百三十多万字的作品，即使只是走马观花（后来我才知道他读书的认真劲儿），那也并不轻松。这其中对文学事业的认真和真诚，对作家的关心，是难得的。再说，那时描写人与自然故事的文学在我国虽然也有十多年了，但尚未举起“大自然文学”的旗帜，而他是那么敏锐、犀利地用“人与天合”，指出了中国大自然文学的哲学基础是中华优秀文化传统中的生态智慧，生态哲学——“道法自然”“天人合一”。那时，我跟随科学考察队或独自在山野跋涉已有二十多个年头。在大自然中探险虽然魅力无穷，但并非是所有人都能体会到其中的艰难、孤独和无奈。创作人与自然的故事——人与自然的对话——一改几千年来文学多是描写人与人、人与社会故事的格局，摸索一种新的文学模式，也并非只有愿望就行。再说那次研讨会除了中宣部、中国作协、教育部的领导，到会的还有六七十位专家学者。我只是一个“外省作家”，且是“业余”的，没见过这样豪华的阵势。可想而知，翟部长对刚刚崭露头角的大自然探险文学的肯定和支持是多么重要，更不用说对我的激励；同时也是促使我们在 2000 年和 2003 年举办两次关于大自然文学讨论、高举大自然文学旗帜的动力。

二十多年来，他对发展和繁荣大自然文学的关心和支持，无论是在任或离休后，都是尽心尽力，异常感人。

他认为大自然文学的兴起是时代的呼唤，从事大自然文学的作家，应该“从文学的角度考察大自然、审美大自然，在大自然中寻找人与大自然、人与环境、人与生物共荣共存和谐相处的悟性”。因而，他对我每次重大的探险活动，总是给予关心。

1999 年，他知道我有探险三江源的计划，知道我们没有强大的后勤支持，只是和妻子李老师凭着勇气前行，但那是青藏高原。他一再问我有什么困难，我说没有。那年的 8 月，我们到了青海，西宁的朋友一看我们的装备，沉吟了半天才说，你们先去青海湖和孟达自然保护区看看，回来后再说吧！待我们从那两处回来后，自觉当时的装备是根本无法进入三江源地区的。第二年 7 月在西宁时，正是在翟部长的那位朋友的帮助下，我们才完成了从青海到西藏到云南对三江源的探索。他对作家、对朋友就是如此悉心地帮助。

2001 年前后，翟部长到合肥，详细询问了我的创作情况，鼓励我努力。10 月下旬，我陪他登黄山，以我多年在这一地区考察的经验，10 月和四五月是登黄山的最好季节。刚到北海却下起了小雨，我们都劝他先在房间休息，待雨停了再出游。他却穿了雨衣就踏上了山道、漫步，兴高采烈地说：不是老天爷恩赐，哪能看到雨雾中的风景？是的，那几天他总是在山野跋涉，绝对看不出他已是近七十岁的长者。当他看到秋雨迷离中奇峰怪石“梦笔生花”“猴子望海”在阵阵松涛中跃跃欲动时，连呼好一个“梦笔生花”“猴子望海”中的动词，这就是黄山的美学，大自然创造的美！后来，我在他家里看到了他在黄山拍摄的作品。惊奇于作品中洋溢的特殊的美——只有在阴晴雨雪、云的潇洒、风的恣意，万千气象中，才能欣赏到的黄山千姿百态、绝世的美丽。犹如“梦笔生花”“猴子望海”中有了动词，才平添了风韵。这是只有热爱自然、悟出大自然的美的灵魂才能拍出这样的照片。我还曾在他家里看到工笔画的条幅，原以为是哪位画家送给他的，近前才看到原来是翟部长自己的作品，不由得肃然起敬。后来，从他赠给我的《翟泰丰中国画集》《翟泰丰文集》等等书中，又读到他写的剧本、长诗，绘画中不仅有中国画，且有油画。我敬佩他的才华横溢，敬佩他对大自然、对文学艺术的热爱。

2010 年，当他得知省政府建立并授牌“刘先平大自然文学工作室”时，连说：高瞻远瞩，高瞻远瞩！安徽省的领导有战略眼光。大自然文学是生态文化的重要组成部分，在培养人们树立生态道德方面，具有无可替代的作用……我感到电话那头他的激动、兴奋，也说了自己不再年轻，担心辜负了领导的期望。他提出了很多宝贵的意见，给予了很多鼓励和慰勉。

2014年10月，他来合肥参加由中国出版集团、人民文学出版社、安徽大学、安徽省文联主办的“大自然文学国际研讨会”。参会的瑞典、英国、俄罗斯、美国等国代表，在介绍本国的自然文学的同时对中国的大自然文学表示了浓厚的兴趣，说是没想到中国有这样丰富、优秀的大自然文学。建设人与自然和谐发展的社会，保障人类可持续发展，是全人类的追求，希望加强交流，共同努力繁荣大自然文学。翟部长在会上做了主旨发言，“希望我们共同努力，打造具有中国特色的大自然文学品牌，走向世界”。他在会后又主持了如何发展大自然文学的座谈会，并亲自执笔写了长达七页纸的调研报告，首先指出，大自然文学是在世界面临生态危机时期兴起的生机勃勃的文学新流派。应该努力使中国的大自然文学以其鲜明的特点在世界独树一帜。着重提出今后的努力：1. 加强对大自然文学的评介；2. 加强对大自然文学与生态学的课题研究；3. 大力培养作家、培养研究人才，进一步推动繁荣创作。我们牢记翟部长的殷切期望，经过几年的努力，为探索培养人才的路子，安徽大学大自然文学作家班终于在2019年开班开课了！翟部长知晓后兴奋异常。我请他来给作家班讲一课，他欣然应允。事后，他的夫人韩老师告诉我，他的心脏病已不允许外出讲课了。只能留下深深的遗憾。

从1996年开始，在北京举行的拙著的作品研讨会，翟部长全都参加了，难得的是每次都做了激情满怀、迸发智慧火花的发言。

他对我的主要作品都写过评论，从 1996 年的贺信开始，主要有《大自然探险与文学形态的探索》(2002)，最近的是 2019 年发表在《光明日报》上的《对“生态道德”的深情呼唤——刘先平大自然文学的当代价值》，其间还有《大自然文学与时代呼唤》(2009) 等等七八篇，几乎涵盖了我所有的原旨大自然文学作品。他的目光犀利、敏锐，例如评论家说的我的大自然文学作品是“跨文体”“跨文化”的写作——一种新的叙事方式，就是翟部长最先发现和指出的“文学形态的探索”；也是翟部长第一位指出：中国当代大自然文学是以其植根于中华优秀文化传统“道法自然”“天人合一”而独树一帜的。2008 年，当我将《呼唤生态道德》作为九卷本“大自然在召唤”的序言，并在卷首语中写出：“我在大自然中跋涉 30 多年，写了几十部作品。其实只是在做一件事：呼唤生态道德……我坚信，只有人们以生态道德修身济国，人与自然的和谐之花才会遍地开放。”有人对“生态道德”提出了质疑。翟部长说：大自然文学的审美观照中的呼唤生态道德具有重要的历史和现实意义，甚至用《对“生态道德”的深情呼唤》做了回应。

他从接触我国当代大自然文学二十多年来，总是时时给予关怀和扶持，才使大自然文学有了今天的繁荣，我国当代大自然文学史中，应该有翟部长的浓墨重彩。他对自然的热爱和崇敬，将永远鼓舞着人们。

每当我在艰难困苦中，总是对翟部长说：“从你的谈话中，总感到给我一种鼓舞、给我一种在险境中求人生精彩的力量。”

在《美丽的西沙群岛》研讨会上，我看到他手中的书夹了很多彩色的纸条，特意要来一看。纸条有红黄两色，红色的十八条、黄色的只有两条，再是他写下的大量眉批，有的竟占满页面空白处。他对文学事业，对作家、对朋友就是如此难得地诚挚、认真……我很感动，将这本书一直存放在书橱显眼处，每当取出读他的眉批，似乎又听到他爽朗的笑声，诙谐的言谈，对大自然文学的殷切希望……

曾帮助过我的泰丰书记

纪　宇

2020年10月6日晚，突然接到我的抒情长诗《20世纪诗典》责任编辑张玉太来电，他说："告诉你一个不好的消息，翟泰丰书记去世了……"

这噩耗来得太突然了，使我一时无法接受！翟泰丰曾任中宣部副部长，他写诗，著文，摄影，写书法，也绘画，而且不是业余爱好者的水平，堪称多面手，面面都有独到之处。也许就因为有这些特长，他调任中国作协党组书记、副主席。我过去虽然知道他，却并不熟悉。我参加过两届中国作家全国代表大会，会场上听过他讲话，却没有单独接触过他。

1997年，香港回归祖国时，我出版了长诗《'97诗韵》。不知因什么缘分，这部长诗泰丰书记仔细地看过了，他很欣赏，可能由此记住了我的名字。在1998年春天，由他力主倡导的“中国作家协会鲁迅文学院首届中青年作家高级研讨班”在北京举办。这个高级研讨班的同学几乎都是中国作家中最有成绩的一时俊彦，多数都是长篇小说作家，如陆天明、张平、周梅森、叶广芩、邓一光、王旭烽、范小青、李兰妮、秦文君、邢军纪、李鸣生、何申、谈歌、关仁山等等。可能是他提名，我也成为高研班学生之一。

虽然说是“鲁迅文学院”领衔，由副院长雷抒雁当班主任，但这个研讨班一次也没去过鲁院校址，由中国作协党组直接指导管理，课堂和食宿都安排在作协大楼里，学期一个多月，且每人都是单间，可见中国作协对这个班的重视。

开学典礼上，翟泰丰书记主讲。我从来没有见过像他这样讲话的领导，他不是应景上台照本宣科，也不是作为一个程序，必须有的领导讲话。他是放开了，掏心窝子地对他欣赏、他看好的作家而侃侃而谈，语重心长，高屋建瓴。一上午时间过去了，他没谈完，下午接着讲。下午过去了，他还有话说，晚间又接上。他资见深、经验广、教训多，他认为什么是好的，什么是劣的，提倡什么，反对什么，都从书面、教条、规定转化成他从实际出发的娓娓而谈，大家听得心热，心跳，为他热烈鼓掌。我平常有个习惯，每逢领导讲话，我愿意随手记下些片段，不为别的只因是作家采风养成的习惯。

翟泰丰书记的谈话中，多谈小说、报告文学，他的阅读量极大，在座人的作品他读过很多，他也涉足长诗创作，可见他文学作品阅读面之宽。或多或少，他多次提到《’97 诗韵》，事后我从记录中统计了一下，他一共提到七次，每次都有具体的评说。我印象最深的一句话就是他说："在我读过的，写香港回归的长诗中，国际、国内、历史、现实，政策性把握最好的就是《’97 诗韵》。"这种评价，对我无疑是一种鼓励。

在学习中，要求递交近期的创作规划，同学们多数报长篇小说，我报的是长诗《20 世纪诗典》。翟泰丰书记闻知后，多次主动约我谈长诗的题材、构思，提了许多很好的建议。当时我住在二楼，翟泰丰书记的办公室就在八楼，我上去找他很方便，他的秘书也成了我的熟人。熟悉了，我们把彼此当成朋友，我就喊他"泰丰书记"。

由于领导有力的支持，也由于对我写长诗能力的信任，作家出版社的编辑张玉太主动找我和我正式签订了《20 世纪诗典》的出版合同。

长诗还在写作过程中，泰丰书记很关心，几次深入交谈，他提供了很好的可以操作的意见。我想，可不可以问他，能不能给长诗写一个序？

"好哇。"泰丰书记没有推辞，高兴地答应了，看来他对写作抒情长诗有兴趣。后来我看见他用铅笔在信笺上写写画画，一段一段，陆续写出。我看见，他是真动了脑筋的，绝非敷衍。

《20世纪诗典》完稿了，他的序文也写出来了。在作家出版社的编辑、二审、三审都通过了。可由于这部长诗规模宏大，是写20世纪的，从1898年戊戌变法开始写起，不管是分块分面，切割还是横断，都有两个问题必须触及。那就是1957年“反右”和十年“文革”。有领导建议，将这两个特殊的年代删去，干脆不写。因为主管宣传工作的领导有言在先，“在纪念建党80周年之际，凡涉及错误和教训的部分，宜粗不宜细”。我理解某一时期宣传上的特殊要求，但这部长诗却做不到。因为我写的是一个世纪，那就不应该没有“‘文革’十年”，也不能没有发生了重大影响的“中国1957”，因此宁肯不出版，也不能把百年改成90年，这是不可思议的，也是不能商量的。

泰丰书记从来没提“不准写”这个意见，他认为要全面理解宣传口径，也要具体分析作家作品。由于有《’97诗韵》在前，他相信我有这个能力，在十一届三中全会和“关于中国共产党历史上若干问题的决议”的基调上，处理好这些必须跨越过去的问题。

这部长诗的序文，他取题为“震撼心灵的世纪史诗”。全文约一万字，分为10节，翟泰丰看懂了，结构弄明白了，这是一个旋转的六面体的结构，其实就是一个骰子。骰子旋转着，演绎着我心中的20世纪。

送审的流程是这样的，作家出版社审过之后，要专文报中国作协党组。作协党组是陈建功具体审的，他本人是作家，理解作家创作的甘苦，因为党组书记亲自作序，他当然就签字通过。这还不行，要换文呈国家出版总署。总署当时负责人中有一位是青岛籍于姓女士，我与她联系，是想问她在送审稿到达总署时，希望审稿者能抓点紧、快一些。可这位女士坦诚地对我说：最好不要送审，因为这是一个完整的程序，不太可能加速。这就犹如一个运转中的传送带，你把作品放上去了，它就按部就班向前传，中间环节不走完，是拿不下来的。

终于走完出版总署出版处的流程了，还定不下来，要再送中宣部出版局和文艺局两个局联审。再定不下，就送中央党史办决定，那时间就更无法预测了。

当时，我写的《20世纪诗典》有25000行，按照“不宜细”的要求，我忍痛删掉了三千行，再次报审。第二次见面听意见时，他们第一句话就是问我：“你怎么还没删？”我说“删了呀！”剩下的都是我认为删不了的。再删，这部长诗就没有出版的价值了，就不用急着出版了。

在这个送审的过程中，泰丰书记年龄超了，办离休了，可他离而不休，仍然在帮助我。

时间一天天过去，直至2001年6月24日，作家出版社突然接到中宣部某领导的电话，说：“你社报审的《20世纪诗典》

可以出了！”社领导很高兴，说：“是中宣部正式意见吗，有无文字批示？我们马上派人去取！”对方回答：“是口头通知，没有文字批示。”

好，同意就好。责任编辑马上通知我，而我们全部准备工作都已做完，就等着批示付印了！

快马加鞭，7 月 1 日印刷厂没休息，7 月 2 日，样书出来了，红彤彤的封面，腰封上一连六个王婆卖瓜式的赞誉不说，一道白色醒目的字：“20000 行长诗献给 21 世纪”，这使我感到由衷高兴！

打开封面，就是泰丰书记的长序，他开门见山地说：

写一部世纪诗典，可谓为世纪百年作史诗，绝非易事。写抒情叙事长诗，本来就是一些诗人回避的，就像逆光摄影一样，是一般摄影师所不为的，甚至是忌讳的。以诗写 20 世纪多事之秋的沧桑年代，写这个大变革、大发展、多事件的世纪，更非易事。因为诗要抒情，而以诗写史又要叙事，这就要求诗人必须在非常丰富的世纪史学知识中，抽象出诗情，又要以诗人激昂的诗情对重大历史事件、人物，以诗的方式叙事，在叙事中抒情；在抒情中写史，且要善于以抒情取胜，可谓难矣。然而，也像逆光摄影，只要摄影家具备高超摄影技巧，逆光摄影常常会创作出惊人的好作品。写如此巨大的世纪抒情叙事长诗，可能是这位擅长于写抒情长诗“逆光”诗人，产生惊人之作的尝试。更何况诗人是带着历史责任感而动笔的。诗人告诉我，告别二十世纪，每个人都有自己的方式，我的方式就是留给它这部《20世纪诗典》！

……泰丰书记这篇序文很长，分为十部分，共在书上排了十六页，前引是开头，再摘引最后部分：

《20世纪诗典》饱蘸民族命运之血泪，抒发世纪史诗之激情，终于与世人见面了。这是诗坛非常值得庆祝的一件大喜事。这是因为写一个世纪的两万多行长诗，字字行行，章章节节都浸透着诗人的心血；这是因为《20世纪诗典》是留给我们中华民族的一部世纪典籍，精神财富；这是因为《20世纪诗典》将是以两万行诗句展示二十世纪的一部文学巨著；这是因为《20世纪诗典》将是留给我们子孙后代的一部以优美诗行铸成的世纪史的教科书，这是因为以诗写世纪史，填补了我国诗歌史上的一个空白……

尽管《20世纪诗典》尚嫌叙事偏长，且有非诗情叙事，但仍不减其世纪长诗的宏伟气魄，不逊世纪长诗优美壮丽的图景，通篇充满世纪长诗奔腾的激情，通篇都洋溢着中华民族不畏艰辛而追求美好未来的辉煌，通篇可见世纪足迹中人性的美，人情的美，诗情的美，万物的美，通篇都揭露世纪阴暗角落里，丑类的污秽和战犯的罪恶……

《20世纪诗典》是时代的声音，又是时代气势，时代胸襟，时代震撼！

我用难以抑制的灼热的心，为《20世纪诗典》的出版而欢呼！

如果写此序文的是一位年轻人，童言无忌，他可以这样写；如果写此序文的是一个诗友，同行相捧，他也可以这样写。

可写此文者是翟泰丰，是担任过中宣部副部长，中国作协的前党组书记，是领导干部，那就需要广大读者，尤其是我这个作者认真思索了。我感到泰丰书记这样写，是（或者原来这样写的，而一直坚持这样评价）非常不容易的，是和某些人的主观意志相违背的，是在一片反对和沉默中这样慷慨发声的，这是需要政治勇气和艺术良知的！

恰巧，这天有个青岛的朋友来北京看我，她当天晚上要返回青岛。我就将一本样书交给她，请她带回去直接送到青岛市委宣传部向市委领导汇报。我也完全没有想到的是，青岛市委宣传部立即向省委宣传部汇报，并决定共同约请作家出版社、中国作协四家在北京举办首发式和研讨会，时间定在7月6日。

这是事先没有预案的，这是临时动议的一次会议。确定了，那就立即行动，中国作协的领导由泰丰书记安排，我和责任编辑张玉太一起去邀请贺敬之、臧克家、屠岸、朱子奇等老领导、老诗人，送去样书，请他们尽快阅读，并在会上发言。

2001年7月6日,《20世纪诗典》首发式暨研讨会在京举行，参加会议的有两位中国作协党组书记，老书记翟泰丰、新书记金炳华，作协书记处有五位书记参加，老前辈和现任领导贺敬之、王巨才、高洪波、吉狄马加、朱子奇、屠岸、臧克家夫人郑曼代替臧老发言。

金炳华书记代表中国作协做了一个精彩发言，他高度评价《20世纪诗典》之后说:“只可惜这部长诗晚出版了几天，若在建党八十周年之前印出来，那就会获得更多好评和奖励……”随后，贺敬之、臧克家夫人、屠岸等热情发言。

深入此诗创作并知道全部内情的泰丰书记微笑着，心满意足地听着别人怎么说，他并没有多说什么，只做了简短的热情的祝贺。而就在这一天，他为长诗写的序文《震撼心灵的世纪史诗》全文刊登于上海《文汇报》，并在当天把报纸送到了会场，这显然是事先安排的，因为《文汇报》在北京有分印点。

这就是泰丰书记在会场内外的发言。

而专程来北京参加研讨会的青岛市委副书记张旭升，很高兴地听取了大家对一位青岛诗人和作品的评论，他做了一个令人感动的讲话，他感谢各位领导和前辈对青岛的支持，并表示回青岛还要开此诗的研讨会，他还要参加和讲话。

至此,《20 世纪诗典》的写作和首发暨研讨就告一段落了。随即中宣部当年的“五个一”精品工程奖开评了。

这件事，泰丰书记也很关心。研讨会召开时，他就嘱咐，准备几包样书。会议还没结束，他就亲自打电话给中宣部出版局局长、当年评奖的负责人邬树林，明确地说：“邬局长，我们正为《20 世纪诗典》开研讨会，会议评论不错。此长诗要参评‘五个一’奖，请你们关注哦。”因为我当时恰巧在旁边，我听得非常清楚。

当时参加评奖的评委们已经出发，集中在市郊某处开会。泰丰书记问清地址，嘱咐将样书送去：“直接送邬局长，千万别耽误了！”

事后我就不知道这本书为何没能得到这一奖项了。

我并不为“名落孙山”而遗憾，因为我看到了一个以推动创作繁荣为己任的高级干部的炽烈情怀。

2020 年 10 月 9 日

谁持彩练当空舞

——谨以此文痛悼泰丰同志

张玉太

惊闻翟泰丰同志遽然去世，我的心里倍感哀痛！

多年来，我与泰丰同志接触颇多，从他身上感悟到很多可贵的品格，从他诗文中体味到强烈的艺术气息。作为原中宣部领导，他对文艺事业特别关注，始终以马克思主义文艺理论来指导他所领导的文艺工作，这一指导思想须臾未有偏离。在我的印象中，泰丰同志是一个坚定的马克思主义者，他坚持以马列主义、毛泽东思想为文艺事业的指针，特别是对毛泽东同志的《在延安文艺座谈会上的讲话》，以及邓小平等中央领导同志的一系列有关文艺论述，领会颇深，并将其贯穿于自己的行动之中。他的工作，他的作品文章，无不贯穿着一条马克思主义文艺理论的红线。

泰丰同志喜欢亲自动手写文章，搞创作，他以一个党的高级宣传工作领导者的敏锐与博识，站在党和国家及文艺事业的高度，深刻而全面地阐述社会主义文艺理论的方方面面问题，揭示社会主义文艺的本质、特征、任务，剖析新时代文艺事业当中存在的症结与积弊，廓清诸多困扰着文艺工作者多年的心头迷雾，还能够高瞻远瞩，展现有中国特色社会主义文艺的光辉远景。由于他独特的身份和阅历，对马克思主义理论有着较高的修养，对党的文艺事业有着深厚的感情，对经典的文艺作品、文艺理论有着浓厚的兴趣和过人的悟性，使得他的诗文及谈吐，挥洒自如，既有恢宏纵横的气势、一针见血的深刻、高瞻远瞩的眼界，又不乏清词丽句、诙谐幽默以及深邃的哲思，给人以从容不迫、高屋建瓴、举重若轻之感。

泰丰同志有着领导者的思想与理论素养，又具备文艺家的学养、才情与风度。作为一个优秀的文学事业的领导者、组织者，一旦拿起笔来品书论文，令人透过字里行间，窥见其马克思主义文艺理论水平的博大精深和对党的文艺方针政策的准确把握。他始终将最大的热情关注于讴歌时代主旋律的作家和作品，对此予以热情鼓励、扶持，尤其是对那些努力塑造新时代党和人民当中优秀代表的好作品，以及弘扬正气的力作，总是给以大力肯定。对青年作家，他一直毫无保留地奖掖与帮助，拿出大量的时间和精力读他们的作品，撰文评介，大声地为他们鼓与呼，用平等的态度与他们切磋得失，以文会友。对德高望重的老作家，他表现出一以贯之的尊敬与关怀，对他们的每一部新作都热心地研读、推介，表示出由衷的高兴。在指导文艺事业过程中，他始终牢牢地把握“二为”方向，遵循“双百”方针，始终着眼于繁荣社会主义文学事业，始终着眼于团结、和谐、鼓劲、繁荣，始终与广大文艺工作者以诚相待。也正因如此，他的逝世，格外令人怀念与痛惜。

还记得，我在编纂《翟泰丰文集》过程中，有机会接触到泰丰同志大量的往来书信，其内容涵盖工作、事业、生活、友情诸多方面。这些信札当中，家事国事，诗坛文坛，上级下属，旧雨新朋，林林总总，留存于纸上，凝结成一段段难忘岁月。或十数字短札，或万余言长简，无不推心置腹，相见以诚。其中绝大部分事关党的文学工作，时时处处以工作大局为重，以党的文学事业为重，时时处处着眼于服务作家、繁荣文学；从一封封书信里，可以看到他鲜明的党性原则和高超的领导艺术，以及对文学事业的那份热情与真诚。从这些书信可以看出，泰丰同志没有官气、暮气，笔墨是新鲜的，激情是跳动的，思辨是严谨的，而情态又是那么朴实可亲，文辞又是那么谦和平易，仿佛是一位知心朋友，在与每一位文艺工作者娓娓交谈……

泰丰同志一向对旧体诗词情有独钟，这方面的濡染与修养也非一日之功；他有着多年的革命生涯，与共和国的命运相依相伴，眼前见的是云起云飞，心中念的是国是民情，笔底流的是琴心剑胆。他的诗词作品，或叙事之篇，或怀人之作，或即景之章，或哲理小令，质胜于文，气胜于韵，激情不为绳墨所缚，都别有一番情思和韵味。

在改革开放三十周年之际，泰丰同志不畏年事渐高，事务繁忙，创作了长篇巨制诗作《三十春秋赋》。这是一部激情洋溢的长篇政治抒情诗，凭借他丰富的政治工作经历和深厚的文史哲方面学养，使得诗中充盈着强烈的时代责任感和忧患意识。国家的强弱，民族的兴衰，百姓的甘苦，伴随着改革开放的坎坎坷坷，在泰丰同志笔下汩汩滔滔，鲜活地涌现出来，看得出，他是蘸着血肉与激情在记录共和国及其人民的奋斗历程，记录我们这个时代最为浓墨重彩、最为辉煌壮美的一段里程。他将我们这个伟大的时代，同时也将他自己神圣的历史责任感，完全彻底融入了长诗之中。

就在近期，他写了长诗《大武汉颂》，我读后顿生感慨，随即写了诗评《一支悲壮的大武汉抗疫交响曲》，分别发表在《人民日报》《文艺报》。而这，成了我与泰丰同志最后的文字交流。

“赤橙黄绿青蓝紫，谁持彩练当空舞？”这一富有浪漫气息的诗句，其中的后一句曾是《翟泰丰文集》序言标题，如今我还用它做此文题目，可以纪念泰丰同志过往的风生水起的工作业绩，并借此描摹出泰丰同志激情洋溢而又丰富多彩的人生轨迹与战斗姿态。在我心目中，泰丰同志永远是一个战士，一个诗人，一个坚定的领路者。

抚今追昔，斯人已逝。泰丰同志——我们文艺工作者的好领导、好朋友，他的工作业绩，他的诗文笔墨，他的风范品格，他的平易近人、和蔼可亲的音容笑貌，将永远印刻在我们心中！

泰丰同志，我们怀念您！

2020年10月10日于京

一页信笺，两张相片，诉说着他的诗人情怀

张玉太

泰丰同志走了，走得是那样匆忙，有些往事还未来得及去回味。现忽有往事袭上心头。那是2004年5月20日，他让秘书给我送来一封信，打开一看，好啊！一手漂亮的行书龙飞凤舞，半文半白的文采，令我心悦诚服。内容是约我写他文集编后断想。他自谦地称自己是盛名之下，其实难副，不可担此自我作序的重任。信中还谦逊地说我对他拙作之概括可作为讨教之教材，并表示是否将其作为文集序言由我定酌。这一切说得我很不好意思，而从中也使我真切感受到泰丰同志的谦虚、大度、坦诚，注意尊重他人，处处为别人着想，真的是一位礼贤下士的好领导。和泰丰同志接触颇多，主要是那几年责编他的五卷文集及他的长诗《三十春秋赋》。那时心血来潮，灵感

不断，很快完成了文集序言《谁持彩练当空舞》及长诗序言《询问一座里程碑的诞生》，几家媒体予以刊载、转发。

现在我体会到，工作着是美丽的，幸福的，也正是我的劳动获得了泰丰同志的认可和尊重。

还有一件事也令我难以忘怀：在我的家中珍藏着两张相片，一张是泰丰同志的文集编辑工作完成后小聚，泰丰把我和美术编辑苏彦斌二人一下子揽在怀里合影，那种开怀、兴奋，很自然，很真挚，完全发自内心。常人会说，这哪像一位领导的样子？但这是真的，这就是可亲可敬的泰丰同志。是的，他就是这样的性情中人。另一张相片上，我竟然很从容地把手搭上泰丰的肩头，他毫不介意！这一切都说明什么呢？说明了泰丰同志的品格真挚、平易，像个童真未泯的诗人。

泰丰同志的一页信笺和那两张相片，叫我的心头流动着暖暖的温馨。往昔的岁月是美好而令人怀恋的。真挚的情谊是永存而常青不凋的。安息吧，泰丰同志！

一首打油诗的诞生

张玉太

一个普通的文学编辑、一个小人物为名人写序，此举可谓首开先河，成文坛一景，或许是空前绝后的一例。我可以斗胆为泰丰同志文集写序，渊源如是：当我编辑完洋洋大观的五卷文集后，就写了一点编后随想，殊料泰丰同志看后称，读了这个编后随想为之一震，引发若干思考，并认真地写信告诉我说，此篇可以作为文集序言。我真有点儿受宠若惊，不知如何是好，但反过来一想，所谓序言，不就是介绍作者、评说文章吗？既然这方面我是近水楼台，得天独厚，那么就为泰丰同志作一回序，有何不可。关于泰丰同志的文风与文采，已记在我心中，我多次和泰丰同志接触，从相识到相知，对他为官为文，以及坦诚率真的为人，可说是全然了解，我与他之间没有任何隔阂，已成为朋友。我还曾得到过他馈赠的墨宝。鉴于如此情谊，我怎能让泰丰同志扫兴呢。

名君泰丰著述丰，
摆我案头山几重。
我作嫁衣才疏浅，
难为新娘添花容。

编排校点几番读，
翻山越岭听君声。
喜看君文人生路，
寥阔江天在尔胸。

那篇序言和这首打油诗，都是为了衬托泰丰同志的胸怀、人品和文品。

当这首打油诗完成后，我想交给泰丰同志过目，又担心其中有些诗句不敬亦不雅，还杂有些许调侃，便一直不敢送去。时间长了，我几经踌躇，还是鼓起勇气，将打油诗送给他。没想到，泰丰同志看了说，不错啊，可以放到序言里。这令我大为意外：以泰丰同志的职位与资历，能够与我这么一名普通编辑平易近人地交流，太难得了！于是，我对泰丰同志的敬意又加深一层。

这首打油诗的诞生叫我久久不能忘怀，它叫我记取一段难忘的时光，更叫我记取一位可敬的领导者、作家与诗人的朋友——泰丰同志！

2020 年 11 月 16 日

功成无忘感师恩

——忆翟泰丰与电视剧《伟大的母亲》

赵瑞泰

作为一名剧作者，对于给予我创作帮助和支持的人，总是深怀感恩之情，电视剧《伟大的母亲》的创作更是如此。此剧创作历时二十余年，其中的快乐、艰辛和困惑，只有作者自己最清楚。但是，我更清楚的是，没有许多领导和专家的鼓励，没有其亲属蔡博、蔡妮、李特特、洪戈、李勇的全力支持，这部剧作很难走到今天。在众多支持者中最不能让我忘怀的是中宣部原副部长、中国作协原党组书记翟泰丰同志，他是这部戏的总顾问，也是这部作品的催生者。

《伟大的母亲》写的是党的早期领导人蔡和森、向警予、蔡畅、李富春共同的母亲葛健豪。他们一家出了四位中共中央委员（其中两位曾担任中共中央政治局常委），这么多风云人物聚一家，在古今中外实属罕见。而更奇特的是，这些叱咤风云的儿女后面，有着一位奇特的母亲，她被人们称作为20世纪最奇异的妇人。一百多年前，在中国极至黑暗时刻，这位母亲为了寻求光明，她迈开一双小脚、携儿带女从封建家庭的牢笼中愤然出走，走到长沙、走到武汉、走到上海；五十四岁高龄时，她竟跟随儿女走到了万里之外的法兰西寻求救国真理；回国后，儿子蔡和森、儿媳向警予和另一名儿子蔡林蒸相继为追求理想献身；在巨大的人生打击面前，母亲没有倒下，为了实现与儿女共同立下的誓愿，她年过花甲，又携带孙辈冲进了血雨腥风之中，一直到七十八岁时，长眠在故乡的泥土之中……

就是这样一部电视剧，翟部长（我们都习惯这样称呼他）与我结下了一生的不解情缘。

其实，我结识翟部长只有短短的四年，初识于2016年9月，由我的好友——著名表演艺术家、时任全国政协常委的李羚牵线搭桥，将这个剧本（第四稿）转呈翟部长。说实在的，此剧因为经历了太多的“征求意见”而无实质性进展，对这次见面，我并没抱太大指望，只是投石问路听听意见而已。不想，剧本交出不到半月，我意外接到通知，翟部长约我（还有李羚）于9月23日面谈，地点是中宣部一号楼第一会议室。我应约准时赴会，见面后，翟部长向我简单了解了一下创作经历后，便开门见山地道出了他的第一句话：“这个剧本，我从头到尾、一字不落地读了，我很受感动，几次落泪！……”当时，我十分惊讶，洋洋五十万字的剧本稿呀，这位时年八十三岁的老领导居然认真地读完了，而且还“一字不落”！这种对他人作品如此认真负责的态度实在令我敬佩。紧接着，翟部长从剧稿的人物到情节、从历史到现实、从党史到艺术规律侃侃而谈达三小时之久！他说：我真的很喜欢这个剧本。因为第一，这是中国荧屏上未曾出现过的“小脚母亲”形象，她来自生活，她是独特的、不可复制的；第二，将小脚母亲的形象融入了那个风起云涌的年代，成了中国从黑暗走向光明的一个时代缩影，真是难能可贵；第三，特别在今天，建党快一百年了，以小脚母亲的人生轨迹，写出中国共产党的建立和发展的必然性，不但角度新，而且真实可信震撼人心，更有其特别的含义！从某种意义上讲，中国近代的巨变，不就是从摆脱“小脚”的束缚开始的吗?！……”翟部长言简意赅的话语，不但为作者进一步点明了这部剧的创作初衷，而且令我豁然开朗，进一步明确了这部剧作修改和提高的方向。最后，翟部长激动地说：“所以，我说，葛健豪是一位伟大的母亲，儿女们的伟大母亲，所有革命者的伟大母亲，党旗下的伟大母亲，这部剧的剧名就应该叫《伟大的母亲》，我支持《伟大的母亲》，需要我为她做什么，我一定尽力去做！……”

一席话，一堂课，三个多小时的初识聆听，使我对翟部长有一种相见恨晚的感觉。这也许就是我们平时讲的“人格的魅力”吧。

怀抱着深深的敬意和暖暖的温情，我回到了住所。我进房间后，翻开了翟部长交还给我的那套剧稿，我禁不住又一次被震惊了！原来，剧稿的许多地方都留着翟部长的眉批、建议和修改的笔迹，足足有六十多处呀！我想，这是老领导的心、这是一位年过八旬长者的情呀！我顿时意识到，《伟大的母亲》这部作品，决非我个人的创作，而是许多志同道合者的期望！此时，我更联想到与翟部长聊天时，他说过的一句话：“离休前，我长期在文艺工作的领导岗位上工作，那时候，我就觉得，别人请我读剧本，那是对我的信任，也是岗位赋予我的责任，所以，我必须认真对待！”

以“剧”结缘，从那以后，翟部长成了我的良师益友，他以高尚的人品、以渊博的才识、以对他人及其作品的真诚的工作作风鞭策着我。

2019 年春节，翟部长赋诗勉励我：“春来朝阳涌翠华，白雪晶莹萌草芽。伟大母亲可载史，撼天动地映红霞。”

是的，翟部长认准了这个剧本，他便不遗余力地全身心投入进来了。

四年来，他用书信、微信、通话的形式与我交换意见不下一百次；

四年来，他亲自主持邀请文艺家、企业家座谈《伟大的母亲》六次；

他与夫人韩寒同志亲自为该剧物色最合适的导演；

当拍摄资金不足时，他甚至不顾年事已高，亲自向政府部门和企业家寻求帮助；

最令人难忘的是2020年春天，一场突如其来的疫情让大多数人无法走动，突然，一天深夜，我家中的座机将我从睡梦中惊醒，我一接电话，原来是翟部长打来的！他在电话中对我说："瑞泰呀，你的手机怎么关机了呢？我好不容易找到了你家里的座机电话，我要告诉你对剧本的两个想法：第一，一定要将前五集写精彩了，要不然，整个剧本思想性再鲜明强烈，开头不好，就吸引不了观众往下看呀！第二，我在想，那个封闭的年代，一位大山里的小脚母亲怎么会有那么惊人的毅力走向世界呢？她是受了秋瑾民主革命思想的影响，秋瑾嫁到了葛健豪的湖南双峰老家，她们两情相投，一定会碰撞出革命火花的！……"这次通话持续了三十分钟，撂下话筒，我看时钟已指向了深夜两点！……啊，翟部长呀，您的心竟然与母亲葛健豪日日夜夜紧相连呀！……

这就是我们的翟部长，一位从战争年代走过来的老战士，一位曾经领导过中国文艺界的好干部，一位始终不忘初心，视党的文艺事业为生命的革命长者！正当电视剧《伟大的母亲》在翟部长的指引下，一步一步扎实向前推进时，我突然接到一则噩耗，翟部长的夫人韩寒大姐告诉我，翟部长走了，他于2020年10月4日10时10分突然与世长辞！当时，我惊讶得半天说不出一句话，我想起三天前，他还与我通话，问我《伟大的母亲》进展如何，还需要他做什么事，当时，他还约我陪他一起去葛健豪的湖南老家，他要在这位世纪妇人的坟前敬上一炷香！我答应一定陪他前往。可是刚过三天，这次相约，怎么成了他永远不可实现的遗愿了呢?！……想着想着，只觉得两行热泪浸湿了我的脸颊！“如今，您为之努力的电视剧《伟大的母亲》正在抓紧拍摄呀！”我对翟部长的在天之灵说，“导演万盛华和全剧组的同志们正等着您去审看哩！……”

功成无忘感师恩，我感觉到翟部长九泉有知，我看见了他慈祥的笑容，我将永远铭记一位党的文艺老战士对电视剧《伟大的母亲》，不，是对党的整个文艺事业的发展繁荣的谆谆嘱托和责任担当。

师情友谊　地久天长

——缅怀翟泰丰先生

李青葆

2020年10月4日10时10分，中共中央宣传部原副部长、中国作家协会原党组书记、青田县孝文化研究会总顾问翟泰丰先生，我尊敬的老师、好友，在北京、在阵阵桂花香中安然地闭上了眼睛，享年八十七岁……太突然了！前不久，今年8月19日，我和翟老还通过电话，从下午五点零三分开始，总共讲了二十八分二十六秒。通话中，翟老说，青葆，我希望在我有生之年，我们还能见一次面。我说，好的，我去看您。他马上说，不行，你现在不能来。你来了，也进不来，你千万不能来。我知道，他担心我，担心疫情。后来，我们讲好，明年春天在北京再见。听得出，他说话有点吃力，但头脑反应还快。此次通话后，我又打了两次手机，但都没接上。想不到，在我们通话四十五天后，春天还未来，他却永远离开了人间……

我和青田翟老的朋友们怀着沉痛的心情悼念翟泰丰先生！现选录部分挽诗挽联如下：

沉痛悼念翟泰丰先生

倡导孝行，弘扬国粹；

繁荣文学，关爱青田。

——中共青田县委常委、宣传部部长

吴飞飞敬挽

沉痛悼念翟泰丰先生

结识先生二十秋，一朝离去万山愁。

瓯江涌泪涛声咽，燕岭含悲恨意稠。

文苑领军春烂漫，才情多彩画风流。

昨宵君化一星宿，相见唯能梦里游。

——李青葆

沉痛悼念翟泰丰先生

先生骑鹤去，有基地繁花，送行千里；

健笔把诗留，数山间遗墨，痛唁无声。

——中国作家协会青田文学创作基地

副主任兼秘书长李青葆敬挽

沉痛悼念青田县孝文化研究会总顾问翟泰丰先生

总顾问八年，孝忠行世界；

大情怀似海，慈爱暖人间。

——青田县孝文化研究会会长徐建存、

执行会长李青葆敬挽

沉痛悼念翟泰丰先生

丹心一片弘国粹；

遗作千言赞石雕。

——中国工艺美术大师、

青田倪东方敬挽

……

敬爱的翟老先生，安息吧！我们永远怀念您！

翟泰丰先生曾任中宣部副部长、中国作家协会党组书记，但是我习惯称呼他为翟部长。翟部长一共来青田五次，第一次来青田是“中国作家协会青田文学创作生活基地”建立后的第二年，即 2000 年的秋天。记得作家创作基地成立是在 1999 年 11 月 30 日，是中国作家协会党组副书记、副主席王巨才先生为团长的“中国作家代表团”一行十二人来青举行授牌仪式。牌上“中国作家协会青田文学创作生活基地”系翟部长题写，后来又在石门洞石壁上刻下“中国作家协会青田创作基地”十二个字。第二年，即2000年，他是来检查“基地”工作的，也看看侨乡青田的风采。他说，青田是个好地方，青田县领导对文学创作非常重视，中国作协要把青田的经验介绍给全国。这是我首次认识中国文学界的最高领导翟泰丰先生。接着第二、第三次来青都是因为来周边工作之余，转道来看我这个“老朋友”的。当然这个“老朋友”包括创作基地，包括美丽的侨乡青田。

翟泰丰第二次来青是六年之后，即2006年的春夏之交，他从温州上来。关于这次来访，我有诗记道：

翟泰丰先生二访青田

满眼春光翠欲堆，新楼玉立迓君来。

六年重品鹤乡水，一意诚钟惜石斋。

基地留痕诗万古，瓯江寄梦酒千杯。

专车鸣笛情难别，再见花须几度开？

这次我和县文联主席夏耀辉带翟部长到山口看望了石雕大师倪东方，他为倪大师的惜石斋题了一首五言诗，大约逗留了一小时。从惜石斋出来，翟部长说我们去看看封门山，去拣几块封门冻石。封门山是叶蜡石矿山，山中有许多矿洞，因为运送矿石，常有叶蜡石滚在山谷里，吸引外地游人去拣。翟部长一马当先，先下到了封门山山脚的溪坑里，他的秘书第二，我第三，一行七人，先后下了溪谷。翟部长像个小孩，每当拣到一块像样的冻石，他就手舞足蹈，叫起来，“我拣到一块了！”“我又拣到一块了！”说老实话，我虽是青田人，但如此下溪谷拣石头还是第一次。我也受到翟部长的感染，拣得兴致勃勃。我紧随翟部长身边，一边找好看的石头，一边欣赏溪中的水流花开。他问我青田雕刻石的来历，我便讲起“女娲赠石”的故事：很早以前，因为战乱，有人把天搞破了，江南大雨数月，把山地草木淹死，遍野哀鸿。女娲炼石补天后，还剩下一块五彩石，便派此石下凡，落户封门，将附近荒山，尽化为能刻石致富的石材。名石黄金耀、封门青便出产于此……我话未讲完，翟部长突然打断我的话：“青葆，我又拣到一块宝石。”我连忙上前，问道：“看看，是封门青，还是黄金耀？”翟部长哈哈笑道：“不是石头，是两句诗。”我连忙叫他念来听听，让大家欣赏一下。

“封门山下觅珍奇，耀彩黄金梦属谁？我这两句诗是听你故事时突然跳出来的。下两句你来续。”我考虑了好一会儿，续上两句：“雅客心仪女娲石，眼前块块化成诗。”部长鼓励我说，好诗，好诗！接着他也续了两句：“心谢天恩女娲石，神刀绝艺化为诗。”我俩吟诗时，老夏等人都围了过来，一边鼓掌，一边说“好，好！”

我们从下午三点半一直拣到五点。这时，秘书过来说，我们该走了，在温州翟部长晚上还有个座谈会。翟部长笑着对我们说，青葆，老夏，这次我先回温州，下次我来青田多住几天。我有点遗憾地说，那说话算数，下次机场出来直接到青田。翟部长向我们一一握手，说，青田好啊！山好水好石头好，人更好！

太阳从封门山落下，微笑着向贵客告别。

第三次是他从宁波转道温州，然后来青田做文学讲座。他讲了青田的刘伯温，东晋的谢灵运和当代的著名作家以及青田的作家基地。听了很振奋人心。

他第四次来青是他离休多年之后。他离休后，我们之间联系多了起来，主要是通过微信联络。

2017 年清明节前夕，我到诗画小舟山参加菜花节，看到花海春田，美艳无比。我当即在手机上写下一首词《鹧鸪天·诗画小舟山菜花节》：

“三月花黄油菜鲜，车如流水客如烟。鸟啼十里花溪谷，鱼戏千丘云水间。山铺锦，蝶成仙，蜂儿结队舞翩翩。三农足下康庄道，遍逸诗香通远天。”当晚我配了九张油菜花照片在朋友圈发出去。又在评论栏里发了三首写油菜花的七言绝句。这三首七绝曾在 2015 年的《中华诗词》杂志发表过。翟老看见，回微信道：青葆，如此美妙的风景怎么不叫我欣赏？我回复道：翟部长，您是见过大风景的人，不知喜不喜欢油菜花，故先用诗和照片试试。其实这诗这照片就是请柬。您来吧，热烈欢迎您！翟部长看了微信，第二天就买飞机票，第三天即同夫人一起，到达青田。

翟部长于 3 月 30 日到达青田，从 3 月 31 日至 4 月 7 日，先后到小舟山赏梯田美景，看稻鱼共生；诗吟油菜花，镜拍桃花园；访石门洞，游千峡湖；寻找谢康乐，追思刘伯温；视察石雕城，访问倪大师……拍了三百多幅照片，留下多幅墨宝。

回京前夕，他给小舟山留下两首诗：

致青田小舟山

菜花又绽小舟山，百鸟清吟胜管弦。
梦里万千游客醉，笑言最美是梯田。

小舟山看油菜花

美丽小舟云外天，层层黄绿望无边。
花开蜂蝶舞香浪，百鸟啼鸣追小娟。

回到京，他又把诗写成书法寄来。他把对油菜花的钟情，对小舟山的热爱，对老朋友的关怀倾注在诗的词里行间。

翟老回京后，我写了一首诗在微信里发给他：

翟泰丰重访青田

油菜花开诗句新，翟翁心动又登临。
未忘碧玉瓯江水，常念精雕睡美人。
魔镜摄香藏百韵，神湖荡桨觅千村。
廿年巨变夸生态，喜赞侨乡处处春。

第二天，他就发来了和诗：

同韵和诗李青葆（古风）

四走鹤城放眼新，情景绿杨更相亲。
千载瓯江共此月，经年思念睡美人。
诗卷常和青葆韵，片叶精镌东方春。
平湖高峡展仙境，欲隐舟山花为邻。

诗中“睡美人”为倪东方大师的石雕作品。“平湖高峡”指千峡湖。“舟山”指小舟山。全诗赞美青田，歌唱小舟山，情深意浓，回味无穷。

2017 年 6 月，我的诗词新卷《山水烟云》出版，样式为线装古典版，书名由著名诗人、原文化部代部长贺敬之先生题签，翟泰丰先生作序。该月 25 日，应青田县委宣传部吴飞飞部长邀请，翟泰丰先生再次来到青田。这次主要为倪东方石雕艺术馆新馆开幕剪彩。这是翟老第五次下青田了。我正好借这个机会，于 6 月 27 日在县文化会展中心十八楼会议室举行我的诗词新卷《山水烟云》出版发行仪式，曾经是中国文学界最高领导的翟泰丰先生登上了发行仪式的主席台，做了长达三十五分钟的讲话，讲话中不少赞扬我的旧体诗词的创作观和艺术灵性。后来这篇讲话稿取题为《以人民为中心，做人民的诗人》在 2017 年 8 月 11 日的《文艺报》第六版发表。

发行仪式的当晚，翟老微信给我发来一首诗，今将其录下，为历史存档，也与读者分享：

贺青葆《山水烟云》首发式

细雨濛濛唱鹤城，滔滔瓯水浪奔腾。

谁将吟诵化烟雨，文武满朝尊此神。

翟老的诗抬举了我，但我只把它当作动力，一种鼓励。

翟老喜欢传统诗词，好几次我把诗用微信发给他看，没有请他和，他也和一首。2018 年 11 月，我因写乡志需要，重访阔别半个世纪的郑山村，即兴吟了一首诗：

重访郑山村

一路葱茏寻故地，潺潺水似武陵溪。

村头不见景观树，祠内犹存明代碑。

多少旧房变豪宅，百翁仁寿有期颐。

青春为梦闯天下，大道康庄鸟自啼。

那天晚上，我把它发给翟老，没有叫他和的意思，第二天他却发来了一首和诗，诗曰：

和李青葆行走郑山村

梯田千亩美如画，半纪乡愁唱晓鸡。

金山有韵北京和，绿水流霞遍地诗。

“金山有韵北京和，绿水流霞遍地诗。”他把小舟山郑山喻为“金山”，写得多美！想想都陶醉！

与翟部长相处时，他多次同我讲过，作为一个作家、诗人，要做到“胸中有大义、心里有人民、肩头有责任、笔下有乾坤”，努力使自己成为新时代的好作家，人民的好诗人。

如今，翟部长虽已与世长辞，但他的音容笑貌仍留在我的脑海里，他那风趣而充满正能量的话语与诗意，永远激励我阔步前进！

敬爱的翟部长，师情友谊，地久天长，恩惠难谢，言语难尽……

弘扬民族文化是他的历史担当

——记翟泰丰先生与海外同胞的文化交流

詹强（西班牙）

翟泰丰先生与世长辞的噩耗打蒙了我，他是我们“欧洲中华诗词研究会”的总顾问，他还没来得及交代呢。他答应给我的诗集《西篱东菊》作序，他还没来得及完成呢。他曾跟我说恨与相识晚，我们还有多少共同语言等待交流？我无法入睡，在不停的辗转中，在脑海里填就了一阕词：

南歌子·沉痛悼念翟泰丰先生

噩耗穿洋至，胸腔沸血盈。皇天失礼又无情。从此诗山遇困有谁撑？

破例酬心愿，逢凶阻路程。文章句断韵难生。决计留空不序祭英灵。

我们相识于戊子年夏天，至今整整十二年。2008 年夏天，北京奥运会前夕，我和太太两人跟随中国作家协会会员李青葆先生、时任青田县文联主席的曾娓阳女士等人到了北京，拜访中国作协的有关朋友。翟老听说有青田朋友来访，还特地在全聚德烤鸭店安排私宴招待我们，偶遇而受此厚待，于心不安，2009 年再次回国的时候，我给他写了一首七律，以表达我内心真诚的谢意：

雅会全聚德有感

——赠翟泰丰先生

素昧平生慕名久，有缘叨教品珍馐。
宝刀未老童心健，浩气长存风骨遒。
走北闯南知草木，通今博古写春秋。
与君笑谈千杯少，味在心中日日流。

翟老收到我的诗后，于 9 月 9 日给我回了一信，并附了一诗："詹兄多年身居海外，乃久持一腔中国情，早有青葆兄之称赞，故而一见如故。詹兄又深谙华夏文化，善作诗赋，同饮一别，又海外赋诗，乃我之先醒，鸿飞寒舍，大雅宏达，令我身心激越，余虽未学肤受，也不羞于拙，和诗致詹兄。

身居东篱外，芙蓉池中开。
轻舸迎宾晚，悠然海上来。
詹氏永青葆，繁艳何需猜。
京轩对樽酒，黄鸭一色裁。

2010年翟老继出版了歌颂改革开放的总设计师邓小平的长诗《丁亥十年祭》之后，又出版了长达三万行的长诗《三十春秋赋》，他感慨：一边写，一边哭，诗尽而泪不止。我闻知此事，无比感动，于是给他写了一首七律：

心倾史海化宏篇

——赠翟泰丰师长

（2010.9）

春秋三十一挥间，数万诗行珠泪连。
情蘸笔尖歌盛世，心倾史海化宏篇。
江山和美琴弦鼓，画卷风流浩气添。
待到明年端午日，举杯高敬酒中仙。

2013年春天，我计划出版一本散文集《游子心语》，于是请他给题写书名，他二话不说就答应了，散文集顺利出版，我写了一首七绝表示感谢：

谢翟泰丰先生题写书名《游子心语》

大笔一挥风水生，东篱瘦菊色香增。

基因本是炎黄种，境变时移心不更。

第一次会面他给我留下深刻印象的一句话，就是“浩然之气永无终”。他说做人要有浩气，要有正气，如果没有了这股气，活着也好比已死。我记住了这句话，几年后在海外能刻中国字的工艺品店里定做了一块匾，刻上了这几个字，回送给他，表示我已牢记他的教诲，并给他写了一首七绝：

赠翟泰丰师长

京城一别六年长，常在梦中温酒香。

贯耳雷声犹未远，浩然之气总回肠。

2010 年，我拜老诗人丁芒先生为师，参加了几次“丁芒诗词艺术研讨会”后，发现我们格律诗词队伍普遍年龄偏大，培养新的诗词队伍迫在眉睫，回头看，我们海外的诗词队伍更薄弱，于是萌生举办学习班，开展中华诗词教学的念头。

2016 年 2 月 1 日，我们在西班牙开设了“中国传统诗词空中课堂”，获得了国内诗词界朋友的喝彩和鼎力相助，课堂获得国内外一大批诗词爱好者的青睐，尤其是在欧洲谋生的朋友的喜爱。

翟老听到李青葆先生转达的消息后，立即给我写了一首贺诗，表达了他真挚的祝贺：

西班牙中华诗词空中课堂开讲特赋小诗祝贺

学子三千敬孔圣，门生八百赞詹兄。
无际宇宙话抑扬，云中喜听平仄声。
把酒论诗撼天地，谪仙来去驾彩虹。

收到他的贺诗，我十分感动，我在海外做一点微不足道的小事，竟然惊动了他，还亲自写贺诗鼓励我。弘扬中华民族文化，是他一辈子的志向和实践，我的行动契合了他的目标和方向。于是我赶紧给他写了一首七绝答谢诗，同时给所有支持我、鼓励我的朋友写了一首七律，以示感谢。

答谢翟泰丰先生赠我空中课堂的贺诗

电子传书贯太空，群情兴奋掌声隆。
殷殷期望千斤重，春到欧洲诗韵浓。

设立“西班牙中国传统诗词空中课堂”有感兼答众诗友贺诗、贺联

同揣炎黄赤子心，宏扬国粹聚知音。
课堂硕大疆无界，唐韵绵长继有人。
情寄诗山传正道，缘开网络叩天门。
春苗破土朝阳日，红酒盈杯敬贵宾。

开设“空中课堂”，传播中华诗词，在国内外引起了强烈的反响，贺诗如春雨般纷纷飞来，新华社还为此发了专题报道。

轰轰烈烈的一年很快就过去了，来自六个国家的华侨华人和部分国内诗词爱好者获得了实实在在的进步，他们齐声赞扬“空中课堂”的好处，我也深有感触，写了一首七律以展露自己的内心世界：

开设“空中课堂”一周年有感

日月轮回春又来，东风在握芷苗栽。
为承唐宋邀同好，巧借星空搭舞台。
众聚至诚齐奋臂，梦融素志总萦怀。
不求雷响惊天下，惟愿韵田花竞开。

翟老步步关心着我们的进步，在“空中课堂”开设一周年的重要节点，又给我发来了《浣溪沙》，以示肯定与鼓励：

浣溪沙·致西班牙中国传统诗词空中课堂一周年纪念

唐宋诗花海外开，友朋相聚谪仙来。詹强汗水把春催。
西国挥毫书俊采，空中有路育人才。周年成果凤鸣台。

翟老的鼓励，更增添了我们的自信心，方向对了，方法对了，不断地努力，一定能取得更大的成功，于是依韵填写了一阕《浣溪沙》，以表示感谢：

浣溪沙·答谢翟老对我空中课堂一周年的贺词

去岁芝苗浴露栽，春风二度韵花开。腾空太白闯关来。
梦系传薪扬国粹，心甘燃烛献余才。浩然之气总萦怀。

经过了两年的努力，有更多的新诗人诞生了，为了加强队伍的建设，为了加强欧洲诗人间的互相交流，我们决定成立“欧洲中华诗词研究会”，并真诚邀请翟老担任总顾问，他欣然答应，还给我们题写了会名。他充满喜悦地写了一首七绝：

敬贺欧洲中华诗词研究会成立

万里海涛飞彩霞，欧罗巴域聚诗家。
五洲情韵寄多少，处处盛开唐宋花。

有了他的支持，我充满了信心，又邀请了国内的四位名诗人担任顾问，很快就搭好了架子，绚丽诗花盛开的景象浮现在眼前：

步韵和翟泰丰先生七绝《敬贺欧洲中华诗词研究会成立》

一道微波赛彩霞，金光闪闪暖吾家。
堂堂诗国虽悠远，热血同浇绚丽花。

队伍壮大了，诗词作品多起来了，加强国内外诗人的交流成为必然要求，向国外新诗人介绍国内高手的作品，又让国外的新诗人有展示作品的机会，我们开辟了“欧洲中华诗词大观园集锦”园地，翟老听说了这一设想，极力支持，马上给我们写了一首古风，其诗句充满了激情和鼓动力。

致欧洲中华诗词大观园（古风）

海外诗词飞彩霞，墙中篱外是谁家。
仄仄平平唱月夜，雁飞千里万树花。

海角天涯同一脉，张王李赵共姓华。

收到了这首诗，我立即回复了一首古风表示答谢。

步韵答谢翟泰丰师长《致欧洲中华诗词大观园》（古风）

万紫千红亮若霞，名师后学共一家。

基因不改迷人魅，满园春色竞开花。

唐风宋彩争相渡，欢舞高歌颂中华。

2019年的七夕，是我的本命年生日，翟老从李青葆先生的诗里知道了这个小秘密，于是急急忙忙地填写了一阕《卜算子》发给我，生怕误事，从“赶补”两个字里可以看出他待人的热枕。

读青葆诗方知詹强七十二寿辰，赶补一词，送你校正。

卜算子·贺詹强古稀遐福

独上咏诗楼，海阔飞涛远。七夕西欧庆诞辰，寄语瓯江雁。

愧我贺声迟，康乐长无怨。举酒金风遐福时，遥祝南山愿。

一个耄耋老人，不但关心中华民族文化在海外的发展，而且关心生活在海外的普普通通的华人，怎么不让人感动得落泪！一阕《卜算子》在心底油然而生。

卜算子·答谢翟老《卜算子·贺詹强古稀遐福》

情刻羽佳诗，信托瓯江雁。满目光波动我心，珠泪眶中炫。

七夕送秋归，端午随春转。期待龙舟击鼓声，掐指星星盼。

注：端午节正是翟老的诞辰。羽佳是翟老的笔名。

我和翟老虽然都是七八十岁的老人，有时却像一个年轻人，忘了夜深人静。有一次，我收到了翟老的和诗，算起来已是北京时间的午夜，也许他有一点迫不及待，他要告诉我他此时内心的真情。

再和詹强

欣然天外读君诗，恨与詹兄相识迟。

隔海常看欧陆卷，篇篇佳作柳飞丝。

于是我立即给他回了一首七绝，感谢他不分贵贱高低，不计白天黑夜的真心。

依韵和翟老

用心翟老写新诗，半夜三更未觉迟。

贵贱高低置身外，且将真挚付相知。

2012年夏天旅游，到过巴塞罗那哥伦布纪念塔附近的一个旧货市场，里面主要是贩卖世界各地的旧徽章之类的东西，毛主席纪念章、古巴徽章、前苏联的纪念章等等，当时只是顺带看一眼，没有多留意。后来知道翟老喜欢收藏，但又没有重游巴萨的机会，于是拜托在巴萨经商的诗友寻找几枚前苏联的徽章，前年终于有了收获，我挑了两块大的，寄给翟老，他让懂前苏联历史的朋友鉴定，得知是苏军卫国勋章，他喜不自胜，立即给我写了一封信，信中说："天下至宝，二战期间，苏军战斗英雄两枚可贵之勋章，均收到，宝矣！神矣！爱不释手，贵矣！特致叩谢。"还附了一首七律表示感谢。

詹强赠我两枚苏军卫国勋章感赋

勋章在手忆烽烟，劲旅苏军气贯天。

铁血钢刀斩魔鬼，人间正义出神仙。

西风万里雪封土，烈焰千番志护边。

好友赤诚知我意，故将旧史写新篇。

说实在，收藏不在于"贵"，更在于有意义。近百年的徽章，它反映了那段不寻常的历史，这正符合翟老的欣赏要求，他高兴，我也特别高兴，立即给他写了一首和诗：

依韵和翟泰丰先生《詹强赠我两枚苏军卫国勋章感赋》

战争惨烈史无前，闪闪勋章若火燃。
血肉筑城坚似铁，洪流捣窟快如拳。
一腔正义惩顽敌，普世精神育俊贤。
卫国红旗魂可在？已留华夏写新篇。

前年，在中国的火车上发生了一件感人的事，湖北省龙山县诗词学会会长曾宪国临危抢救了一位少女的命，此消息传到翟老的耳中，他表示了高度的赞赏：

知心诗友曾宪国，品格高尚，救死扶伤，感人事迹，撼我心弦。诗友群体之光采。特致小诗。

颂崇高

挥毫诵诗遇惊雷，搿笔驾涛力挽回。
生灵垂危抒春雨，诗与生命同船归。

在危难时刻，是束手不管，还是踊跃救助，这是衡量社会风气的试金石。曾宪国也是我的吟友，我看了翟老的赞美诗，很受感动，于是紧随其后，写了一首和诗，表达我对临危施救，正气回归的大好事的赞赏：

步韵和翟泰丰先生《颂崇高》

少女临危急似雷，鬼门关口走来回。

救人性命诚应赞，更喜龙乡正气归。

今年3月，新冠疫情破坏了人们的日常生活，在考验全世界的严峻时刻，我给翟老写了一封短信：

翟部长：您好！十分想念！本来计划今年春天要回国的，也把拙作《西篱东菊》印出来，疫情的发生完全打乱了我的计划，一时难以回国，只能等待时机了。我拜托的请您写序的事，请您照常插空给写写，我的诗稿都已经整理出来，到时可以直接发到印刷厂排版……

收到我的短信，他给我写了一首诗：

遥致詹强

芝田鹤远飞，燕梦思詹弟。

冠毒化云消，春风吹故里。

他思念我，希望疫情化成云雾飘去，让我乘着春风平安地回到家乡。我何曾不思念他呢，我马上给他回了一诗：

答谢京都翟师

远欧思念飞，苦煞柔情弟。

独立望京都，感恩萦梦里。

端午前夕，当我得知他曾因病住院，现已出院的消息，心头非常焦急。不知他得的是什么病，不知他的病情如何，因国门紧闭，又不能前往看望。我把所有的煎熬都化成一个祈祷，祝福他早日恢复健康。我希望用一首生日歌唤起他的青春……

临江仙·贺翟老88华诞

遥望龙舟擂鼓，喜闻米粽飘香。心头深处驻贤良。欢歌亲墨宝，嘱托播西洋。　　记得北京初见，雅尝菁萃包厢。久离短聚别瓯江。隔洲明月共，杯酒寄康祥。

愿望总是那样脆弱，它无法和命运较量。他走了，他无法知道我们的痛苦。十多年来，我们虽然极少碰面，但我们都把彼此放在心里，我敬重他，他是我的尊师；他喜欢我，他知道我热爱祖国。去年冬天，我请李青葆先生传达我的愿望，请他给我计划付梓的诗集《西篱东菊》作序，他答应了，他说，因年老体弱，我已经辞掉所有写序、写评论等请求，可詹强是个例外，你让他把书稿传过来。听说翟老已答应给我作序，我大喜过望。不久，他病倒了，我埋怨自己给他增添了压力。

这些年，我们没有停止过以诗为主线的文化交流，他自始至终关心着我们华侨华人的文化生活，自始至终鼓励着我们海外同胞的弘扬民族文化的努力。把他希望做的继续做下去，这是我们纪念他的唯一选择！

文坛领军　功德千秋

——怀念翟泰丰部长

王大恒

惊悉翟泰丰部长辞世，如晴天霹雳，悲痛至极！山川垂首，江河呜咽，青天碧海寄哀思！泪眼蒙眬，往事历历浮现，千言万语道不尽对泰丰部长的无限思念和感恩之情。

泰丰部长对我国建设文化艺术事业充满了深厚的感情，他以极大的热情关怀支持产业文化建设，在繁忙的工作中，还欣然担任中国建设文化艺术协会高级顾问，在创立建设文化艺术体系的征途上，留下了不可磨灭的功绩。

我与泰丰部长相识相交近三十年，在上个世纪 90 年代，我作为中央部委作协（文协）负责人应邀出席了中国作家协会工作会议。他时任中宣部副部长、中国作家协会党组书记，他德才兼备，有强烈的事业心和责任感，没有官架子，为人正派，对同志关怀爱护，平易近人，和蔼可亲。还记得在会议期间，他和我们中央各部委作协（文联）同志畅所欲言，共商作协工作十分愉快。自此在几十年的相处中，他成为我们推心置腹的良师益友。泰丰部长对工作充满激情，大公无私，勤勤恳恳，他多才多艺，是一位勤于思索涉及面极广的文化艺术界杰出的领导人。

泰丰部长对建设文化艺术的发展寄托着无限的期望，对中国建设者充满着深厚友情，对中国建设文化艺术协会奉献出了一片爱心，泰丰部长有一双敏锐的慧眼，能及时发现并热心扶植新生事物。他是在90年代就大力支持建设文化艺术新理念的领导者。他提出：建设文化艺术和产业文化理论是创立了新的文化业态，要跳出行业，在更高、更广的层面进行宣传。为此我们和中国文联主办的《中国艺术报》创办了《中国建设者》专刊，广泛宣传产业文化和“建设是文化、环境是艺术”“环境育人、文化育魂”的建设文化艺术理念，对推动美丽城乡建设发挥了积极作用。

我们永远不会忘记泰丰部长长期以来亲自参与指导建设文化艺术工作，给予了我们巨大的鞭策和鼓励。在出席我会召开的会议上，他都发表了热情洋溢的讲话，满腔热忱地颂扬建设者用心血和汗水为人民建造的立体诗篇。

我记得，在2012年6月12日，他在中国建设文化艺术协会第六届会员代表大会上的讲话中指出:“中国建设文化艺术协会，做了大量的学术探讨，做了很多理论，也做了很多实践。”“城镇化的过程要考虑宜居、宜住、宜就业、宜生活、宜小康。城镇化的过程，是一个完整的辩证法过程。”“今天的会议非常重要，虽然只是一个协会，但是研究的课题涉及到中国走中国特色城市化、城镇化历史过程中的途径。”

我还记得，2013 年他得知中央组织部党建读物出版社正式出版我的著作《论建设文化创意》一书时，他非常高兴，说这是紧跟新时代，是建设文化的重要成果。他满怀深情为此书题词:“建设文化创意之梦，绽放美丽城市之花。致建设文化创意出版！翟泰丰”。

我们记得，2015 年 12 月 5 日在中国建设文化艺术协会成立三十周年大会上，泰丰部长在会上的讲话中充分肯定了我会的工作，他说:“三十年来，协会以时代的敏感性、前瞻性、创造性、实践性认识并把握建设产业物质与文化的内在关系，创造性地开拓进取，为产业协会如何适应时代要求，建构了协会的新形式，取得了可歌可赞的新成就，创造了新经验，树立了新榜样。”

我们更记得，2019 年 5 月 28 日在中国建设文化艺术协会第七届会员代表大会上的发言中，他满怀期望地要求中央各部委文协（文联）说:“我希望我们大家要一心一意探索这条路，把这条路探索出去。各个产业文联，应该认真研究王大恒创出来的产业文化艺术，向产业文化艺术发展，把物质的建设和文化建设统一起来，把软实力和硬实力统一起来。”泰丰部长对产业文化的热爱、支持、探索的高尚情操，深深地激励着我们，推动着我们在产业文化、建设文化艺术的道路上坚定地向前行进。

在近三十年的相处中，令我们十分感动的是，几十年来泰丰部长出席我们的会议，参加各项活动，为我的著作和协会题词等等从不要任何报酬，参加会议的交通费也坚决拒收，全部是义务奉献。他这种清正廉洁、艰苦朴素、乐于助人、忠厚善良的高尚品质，永远记在我们的心中，他永远是我们学习的楷模。

泰丰部长一生涉足多个艺术领域，都取得了卓越的成就，为我们留下了宝贵的文化艺术财富。他的离去是中国文学界的重大损失，也是中国建设文化艺术事业的巨大损失，令人心悲莫释，挥泪难陈。他虽然西归，但音容宛在，玉埋名留，高尚品德千秋在，光辉业绩万古存。

翟泰丰先生我们永远怀念您！

附录

翟泰丰同志生平

中国共产党的优秀党员，忠诚的共产主义战士，我党宣传思想文化战线的优秀领导干部，中央宣传部原副部长，中国作家协会原党组书记、副主席翟泰丰同志，因病医治无效，于2020年10月4日10时10分在北京逝世，享年八十七岁。

翟泰丰同志，笔名羽家，1933年5月出生，河北唐山人。1947年10月至1948年10月，任晋察冀三纵队八旅二十二团战士，因战负伤。1948年10月至1951年10月，任河北井陉矿务局党委宣传部干事。1949年2月加入中国共产党。1951年10月至1975年12月，先后任国营六一八厂团总支部书记、团委书记、工会主席、政治部副主任、党委常委。1975年12月至1979年6月，任北京第二机床厂政治部主任、党委副书记、革委会副主任。1979年6月至1981年5月，任北京市液压工业公司党委副书记兼政治部主任、公司经理。1981年5月至1986年11月，任北京市总工会副主席。1986年11月至1991年9月，先后任中央宣传部副秘书长、秘书长兼办公厅主任，全国宣传干部培训中心副主任。1991年9月至1994年4月，任中央宣传部副部长兼秘书长、机关党委书记，全国宣传干部培训中心主任，中央直属机关工作委员会委员。1994年4月至1996年12月，任中央宣传部副部长，中国作家协会党组书记，中央直属机关工作委员会委员，中央社会治安综合治理委员会委员。1996年12月至1998年5月，任中国作家协会党组书记、副主席、书记处书记，中央直属机关工作委员会委员，中央社会治安综合治理委员会委员。1998年5月至2000年9月，任中国作家协会党组书记、副主席、书记处书记，中央直属机关工作委员会委员。2001年12月到2003年1月，任中央直属机关工作委员会委员。2009年4月离休。

翟泰丰同志在中共第十四次全国代表大会上当选为中央纪律检查委员会委员，是政协第九届、第十届全国委员会常务委员，第十届全国政协教科文卫体委员会副主任，第六届、第七届、第八届、第九届中国作家协会名誉副主席。

翟泰丰同志在中央宣传部工作期间，忠诚党的宣传思想文化事业，认真贯彻落实党中央的宣传政策，坚持原则、敢于担当，大胆创新、履职尽责。他主抓办公厅、机关党委、培训中心等部门工作，为部门机关全面建设发展作出重要贡献。他注重加强机关党建工作，强化机关干部理论武装，着力夯实党建基础，切实改进机关作风。他狠抓机关制度化建设，建立健全科学化、规范化、制度化的机关运行体系。他大力推动全国宣传思想文化战线的干部培训工作。他促进全国省级以上宣传部门网络互联互通，取得积极进展。他重视机关基建工作，高效率推动中央宣传部办公楼建设。他密切联系群众，平易近人，深入基层调查研究，察实情、说真话，改善机关后勤保障工作，解决干部职工的实际困难。

翟泰丰同志在中国作家协会工作期间，解放思想、求真务实，始终坚持“二为”方向和“双百”方针，积极推动中国作家协会体制机制改革。他组织筹备中国作家协会第五次全国代表大会，深入文学工作者中，为促进文学界的团结繁荣作出了重要贡献。他领导开展了第一届、第二届鲁迅文学奖和第四届、第五届茅盾文学奖等评奖工作。他尊重文学创作规律，重视文学人才的培养，为他们深入生活、感知时代创造条件，推动涌现出一批具有时代精神又为群众喜闻乐见的优秀作品。他在中国现代文学馆新馆筹建及中国作家协会办公条件、职工生活改善等方面做了大量深入细致的工作。

翟泰丰同志一生酷爱文艺、著作颇丰，涉及诗歌、剧本、文艺评论、摄影、书法、绘画等诸多领域。出版《翟泰丰文集》《丁亥十年祭》《三十春秋赋》《翟泰丰书法集》《翟泰丰中国画集》《光之韵（摄影集）》等作品。他还主持编著了很多政治经济理论著作。

翟泰丰同志离休后，仍然坚持认真学习马克思列宁主义、毛泽东思想、邓小平理论、“三个代表”重要思想、科学发展观、习近平新时代中国特色社会主义思想，始终在思想上、政治上、行动上同党中央保持高度一致。他关心党的宣传思想文化事业，为推动文艺繁荣，身体力行，积极发挥正能量，创作了《倾听人民心声　奏响时代旋律》《坚持思想引领　攀登文艺高峰》等一批富有思想性和感召力的作品。特别是在抗击新冠肺炎疫情斗争中，倾心创作长诗《大武汉颂》，在《人民日报》发表，传递了饱满的政治热情和积极向上的精神力量。

翟泰丰同志的一生，是为共产主义理想奋斗的一生，是为党的宣传思想文化事业奋斗的一生。他的逝世，使我们失去了一位优秀的宣传思想文化战线领导干部。我们深切缅怀翟泰丰同志，要学习他的革命精神和优秀品质，化悲痛为力量，更加紧密地团结在以习近平同志为核心的党中央周围，高举中国特色社会主义伟大旗帜，深入学习贯彻习近平新时代中国特色社会主义思想和党的十九大精神，不忘初心、牢记使命，为决胜全面建成小康社会、夺取新时代中国特色社会主义伟大胜利、实现中华民族伟大复兴的中国梦而努力奋斗。

翟泰丰同志安息吧！

图书在版编目（CIP）数据

笑声渐远：翟泰丰纪念集 / 韩寒编 .—北京：作家出版社，2021.9

ISBN 978-7-5212-1513-7

Ⅰ.①笑…　Ⅱ.①韩…　Ⅲ.①散文集—中国—当代　Ⅳ.①I267

中国版本图书馆 CIP 数据核字（2021）第 172032 号

笑声渐远：翟泰丰纪念集

编　　者：韩　寒
封面书法：宋华平
摄　　影：徐福生
责任编辑：田一秀
装帧设计：孙惟静
出版发行：作家出版社有限公司
社　　址：北京农展馆南里 10 号　　**邮　　编：**100125
电话传真：86-10-65067186（发行中心及邮购部）
86-10-65004079（总编室）
E-mail:zuojia @ zuojia.net.cn
http://www.zuojiachubanshe.com
印　　刷：唐山玺诚印务有限公司
成品尺寸：142×210
字　　数：91 千
印　　张：5.125
版　　次：2021 年 9 月第 1 版
印　　次：2021 年 9 月第 1 次印刷
ISBN 978-7-5212-1513-7
定　　价：53.00 元
